童謡詩人《どうようしじん》
野口雨情《のぐちうじょう》
ものがたり

楠木《くすのき》しげお 作・坂道《さかみち》なつ 絵

野《の》口《ぐち》雨《う》情《じょう》のアルバム

上・生家
中・生家内資料館
下・母校・精華小学校「七つの子」詩碑

昭和６年　雨情49歳

上・「赤い靴」の楽譜
（大正12年）
童謡発表誌「金の船」
（大正10年）

左・雨情詩碑
北茨城市磯原海岸

上・「船頭小唄」詩碑

左・「あの町この町」詩
（鶴田町）

②

①

③

①東京専門学校時代
（右から二人目）
②童心居
③北茨城市磯原海岸
（現在の天妃山《てんぴさん》）
④終焉の家（鶴田町）
⑤証誠寺（木更津）

④

⑤

もくじ

序章《じょしょう》　「赤い靴《くつ》」の少女

昭和《しょうわ》五十四（一九七九）年十一月十一日、日曜日。

横浜港《よこはまこう》の山下公園《やましたこうえん》（神奈川県横浜市《かながわけんよこはまし》）に、たくさんの人たちが集まっていました。

「赤い靴《くつ》の少女の像《ぞう》」の除幕式《じょまくしき》なのです。

「『市民《しみん》の会』の皆《みな》さんの、足かけ四年のご苦労《くろう》が、やっと報《むく》われましたねえ。」

「そうですよ。『赤い靴』の童謡《どうよう》の力は、たいしたものですよ。」

昭和五十一年夏から、「童謡赤い靴を愛する市民の会」が、根気強《こんきづよ》く取り組んできたのです。

国内だけでなく、ブラジルやアメリカ在住《ざいじゅう》の日本人からも、寄付《きふ》が寄《よ》せられました。大《たい》正《しょう》十（一九二一）年に生まれた、童謡「赤い靴」（野口雨情作詩《のぐちうじょうさくし》、本居長世作曲《もとおりながよさっきょく》）は、海外のかれらにも懐《なつ》かしい歌なのです。

式場《しきじょう》には、地元《じもと》横浜市の市長や、小便小僧《しょうべんこぞう》ゆかりのベルギー大使館《たいしかん》、「人魚姫《にんぎょひめ》」の像ゆかりのデンマーク大使館からも、お祝《いわ》いにかけつけてくれています。

「雨情先生のお仕事がたたえられるのは、私《わたし》たち弟子《でし》にとっても、うれしいことだよ。」

「つる夫人《ふじん》は入院中《にゅういんちゅう》だが、香穂子《かほこ》お嬢《じょう》さん、喜代子《きよこ》お嬢さん、磯原《いそはら》の不二子《ふじこ》さんも、お見えだよ。」

「あちらは、本居先生の若葉《わかば》お嬢さんだ。」

「雨情会《うじょうかい》」の人たちのようです。不二子さんは、雨情生家《せいか》の野口家《のぐちけ》をついでいるお孫《まご》さんです。

「除幕式にゆきあうとは、思いがけない幸運《こううん》だ。」

「野口雨情といえば、『七つの子』や『しゃぼん玉』も、そうなんでしょ。」

「うん、そうだよ。いい童謡をたくさん書いてるよ。」

「その歌なら、わたしも、知ってるよ。」

たまたま公園に居合《いあ》わせた、家族《かぞく》づれのようです。

バンド演奏《えんそう》をバックに、少年少女合唱団《がっしょうだん》の子どもたちによる、童謡「赤い靴」の合唱が始まりました。

赤い靴　はいてた

女の子

異人《いじん》さんに　つれられて
行っちゃった

集まった人たちも、いっしょに歌いました。

大合唱《だいがっしょう》のなか、十人の子どもたちが、除幕《じょまく》の綱《つな》を引きました。おおっていた白布《はくふ》がとりのぞかれ、新進彫刻家山本正道制作《しんしんちょうこくかやまもとまさみちせいさく》の、「赤い靴《くつ》の少女の像《ぞう》」があらわれました。

「まあ、かわいい!」

「おお、これはすばらしい!」

歓声《かんせい》と拍手《はくしゅ》がわきおこりました。

待機《たいき》していた港内《こうない》の消防艇《しょうぼうてい》が、色とりどりの水を空に放水《ほうすい》しました。停泊中《ていはくちゅう》の遊覧船《ゆうらんせん》や汽船《きせん》が、いっせいに汽笛《きてき》を鳴らしました。

ブロンズ像の少女は、船《ふね》のもやい綱《づな》を結《むす》ぶ「ビット」の上に、腰《こし》をおろしています。靴の部分《ぶぶん》が、しぶい赤みがかった色になっています。

童謡《どうよう》「赤い靴」のイメージの少女は、海のかなたを見ています。

横浜《よこはま》の埠頭《はとば》から船に乗《の》って、異人さんにつれられて行っちゃった……今では青い目になっちゃって、異人さんのお国にいるんだろう……と、子どもたちに思われた四、五歳《さい》の、大正時代《たいしょうじだい》の女の子。

そんな少女を、人びとの心のなかに残《のこ》した、「野口雨情《のぐちうじょう》」とは、どんな詩人《しじん》だったのでしょうか。

1

雨情《うじょう》の生《お》い立《た》ち

旧家《きゅうか》の坊《ぼっ》ちゃん

詩人《しじん》野口雨情《のぐちうじょう》の故郷《こきょう》は、茨城県《いばらきけん》の海側《うみがわ》（太平洋岸《たいへいようがん》）の北の外《はず》れです。明治《めいじ》十五（一八八二）年五月二十九日、茨城県多賀郡北中郷村大字磯原《いばらきけんたがぐんきたなかごうむらおおあざいそはら》一〇三番地（いまの北茨城市磯原町《きたいばらきしいそはらちょう》磯原七三番地）の野口家《のぐちけ》に、父量平《りょうへい》、母てるの長男、英吉《えいきち》として生まれました。

両親《りょうしん》のさいしょの子でした。三年後に妹ひさが生まれ、さらに六年後、妹ちゑ《え》が生まれます。

雨情の生家《せいか》は磯原海岸《かいがん》に面《めん》していて、江戸時代《えどじだい》には水戸徳川家藩主《みとくがわけはんしゅ》の御休息所《ごきゅうそくじょ》に指定《してい》され、「観海亭《かんかいてい》」と名付《なづ》けられていました。村の人たちは「磯原御殿《いそはらごてん》」とよびました。それを明治三年に、かつての様式《ようしき》どおりに建《た》て替《か》えたのでした。

野口家は、南北朝時代《なんぼくちょうじだい》の武将楠木正成《ぶしょうくすのきまさしげ》の流れをくむ家柄《いえがら》（家紋《かもん》も「菊水《きくすい》」）で、水戸藩《みとはん》の郷士《ごうし》（農村《のうそん》で農業をいとなんだ武士《ぶし》）でした。藩侯《はんこう》からいただいた、広大《こうだい》な山林と田畑《でんぱた》がありました。

九代目の父量平はその管理《かんり》をしながら、手広《てびろ》く回船業《かいせんぎょう》を営《いとな》んでいました。船で人や荷物を運ぶ仕事です。

奉公人《ほうこうにん》も十数人いました。秋には土蔵《どぞう》が年貢米《ねんぐまい》でいっぱいになりました。

英吉（雨情）はそこの、跡取《あとと》り息子《むすこ》なのです。お坊《ぼっ》ちゃんだったのです。
三、四歳《さい》のころでした。村にはあめ屋《や》が毎日のようにやってくるのですが、その日の英吉は、あめを買ってもらっただけでは気がすまず、
「あの箱《はこ》がほしい。ぼく、あめ屋になるんだ。」

と、だだをこねました。

「坊ちゃん、箱ごとはこまります。どうぞ、ごかんべんを。」

と、あめ屋もあきれます。

「英吉、あとで別の箱をこしらえてあげますからね。」

「そうだよ、英吉。お父さんもいっしょに、あそんでやるよ。」

と、両親がなだめましたが、英吉はききません。

困《こま》りはてた父量平《りょうへい》は、出入りの大工をよんで、おなじような箱を作らせ、あめ屋の箱と取《と》り替《か》えてもらいました。

わがままで、きかん坊《ぼう》の、英吉《えいきち》でした。また、父親の対応《たいおう》も、分限者《ぶげんしゃ》（金持ち）ならではのものでした。

七歳《さい》になる明治《めいじ》二十二（一八八九）年四月、豊田尋常《とよだじんじょう》小学校磯原分校《いそはらぶんこう》に入学します。

当時、尋常小学校は四年間で、義務制《ぎむせい》でした。義務制とはいっても、家がまずしいと、女の子は子守《こもり》に出されたり、男の子は家の仕事をてつだわされたりで、学校へ行けない子もいたのです。

りっぱに旧家《きゅうか》を支《ささ》えている、おだやかでまじめな父は、村の人たちからも慕《した》われています。

「他人《たにん》と争《あらそ》ってはいかんぞ。負《ま》けるが勝《か》ちだ。形の上で負けても、良い心の上で勝て！英吉、しっかりと学問《がくもん》をして、私《わたし》のあとをついでくれよ。野口の家を、さらに、もりたててくれよ。」

と、息子《むすこ》をさとし期待《きたい》を寄《よ》せます。

英吉《えいきち》は、

「うん、わかってる。」

とは言いますが、ちょっと頼《たよ》りない感じです。だいじょうぶでしょうか。

家の近くに、海にはり出した小さな半島《はんとう》があります。中心部は、天妃山《てんぴさん》という小山《こやま》です。

夏になると、英吉（雨情《うじょう》）はここの海で、友だちとよく泳《およ》ぎました。

うちよせる波《なみ》が岩に穴《あな》をあけた、「太鼓尻《たいこじり》」というところがあります。木橋《きばし》の上で、

「謙吉《けんきち》くん、ここの波の音は、聞くたびにひびきかたがちがうね。とてもおもしろいよ。」

「えっ、波の音が？　そうかなあ？　きのうとちがうの？」

そんな自然への、せんさいな感受性《かんじゅせい》を持った、英吉少年なのでした。

でも、おだやかな気性《きしょう》のわりには、自分の考えを曲《ま》げないところがあって、友だちは少ないのでした。

十一歳《さい》になる明治《めいじ》二十六（一八九三）年四月、豊田高等《とよだこうとう》小学校（いまの北茨城《きたいばらき》市立精華《しりつせいか》小学校）に入学します。

当時の高等小学校は四年間でした。

文学好きの仲間《なかま》たちと回覧雑誌《かいらんざっし》『荒磯《あらいそ》』を作って、民謡調《みんようちょう》の詩《し》を書くようになりました。

回覧雑誌というのは、自分たちの生原稿《なまげんこう》を雑誌の形にとじて順《じゅん》に回し、読んだ感想を書き込《こ》んであげるのです。

このころでした。英吉《えいきち》は裏山《うらやま》でみみずくの巣《す》を見つけ、みみずくの子を捕《つか》まえてきました。お母さんは「放《はな》してやりな。」といいましたが、英吉は目かごに入れて、小屋《こや》ののき下につるしました。

翌朝《よくあさ》見てみると、かごの前にえさが並《なら》べてあるのです。次の朝も、その次の朝も……。みみずくの親が夜中に来て、子にえさをやっているのです。

「かわいそうなことをした。ごめんよ。」

英吉は、みみずくの子を放《はな》してやりました。

「そうだよ。親子の情《じょう》は、鳥だって同じなんだよ。これからは、生き物を捕《と》らないでね。」

後ろで、お母さんの声がしました。

明治《めいじ》三十（一八九七）年の二月に、常磐線《じょうばんせん》の水戸《みと》——平間《たいらかん》が開通し、磯原駅《いそはらえき》が設置《せっち》され

ました。駅までは、歩いて二十分くらいです。汽車で東京へ行かれるのです。ずいぶん便利になりました。

ところが、この鉄道《てつどう》ができたことで、野口《のぐち》家《け》の回船業《かいせんぎょう》がふるわなくなってゆくのですが、それは少し後のことです。

「英吉《えいきち》、勝一《かついち》伯父《おじ》さんから、いい返事がきたぞ。」

父量平《りょうへい》は、巻紙《まきがみ》の手紙を手に持っていました。

「えっ、ほんとですか。東京に出られるんですね。」

ふだんの英吉とはちがう、はずんだ声でした。

父の兄、野口勝一は衆《しゅう》議院《ぎいん》議員《ぎいん》になっていて、東京に住んでいるのです。英吉は中央《ちゅうおう》の文芸雑誌《ぶんげいざっし》『文庫《ぶんこ》』に、俳句《はいく》を投稿《とうこう》していました。その東京へ乗りこめるのです。

東京に出た雨情《うじょう》

十五歳《さい》になるこの明治《めいじ》三十年の四月、英吉は上京して、小石川区《こいしかわく》（文京区《ぶんきょうく》）掃除町《そうじちょう》三三番地の勝一宅《たく》に下宿《げしゅく》しました。

そして、神田猿楽町《かんださるがくちょう》の東京数学院《すうがくいん》中学（いまの東京高等学校）に入学しました。数学の勉強というよりは、東京の空気をすえるのがうれしかったのです。

翌《よく》明治三十一（一八九八）年。学校ではなく外の会場で、内村鑑三《うちむらかんぞう》氏《し》の話を聞きました。

「私《わたし》は東京外国語学校（いまの東京外国語大学）の後、札幌農学校《さっぽろのうがっこう》（いまの北海道《ほっかいどう》大学）に学びました。クラーク博士《はかせ》がアメリカに帰られた後でしたが、農学校はすっかりキリスト教に染《そ》まっていました。私もえいきょうを受けて、在学中《ざいがくちゅう》にキリスト教徒《きょうと》になりました。

四年ほどアメリカに留学《りゅうがく》して、デモクラシー（民主主義《みんしゅしゅぎ》）の社会を実感《じっかん》してきました。どの国にも、貧《まず》しい人や、不幸《ふこう》な身の上の人がいます。あなたがたが、少しでも恵《めぐ》まれた人なら、かれらをいたわってあげてください。

人はみな平等《びょうどう》であり、上下があってはいけません。また、戦争《せんそう》はぜったいにいけません。数年前に、清国《しんこく》と不幸な戦争をしてしまいました。こんなことをいう私《わたし》だから、教師《きょうし》の職《しょく》を追《お》われ、数年、地方《ちほう》をさまよってきました。

それでも、この考えは変わりません。あなたがたも、同じ心をお持ちください。」

クラークが札幌農学校《さっぽろのうがっこう》で教《おし》えたのは、開校当初《かいこうとうしょ》の一年足らずでした。クラークは一期生《きせい》との別れの際《さい》に、「少年よ、大志《たいし》を抱《いだ》け」と訳《やく》されている言葉《ことば》を贈《おく》りました。内村鑑三《うちむらかんぞう》や新《に》渡戸《とべ》稲造《いなぞう》（旧《きゅう》五千円札《さつ》に肖像《しょうぞう》が使われている）は二期生でした。

英吉《えいきち》（雨情《うじょう》）は、内村鑑三の考えに心をうたれました。

（自分は経済的《けいざいてき》にも、境遇《きょうぐう》にも、恵まれているほうだが、そうでない人たちのことを、思ってあげなくてはいけないんだ。）

クリスチャンにはならなかったけれど、弱者《じゃくしゃ》への思いやりの気持ちを、しっかりと持ったのでした。

明治《めいじ》三十二（一八九九）年四月、順天求合社《じゅんてんきゅうごうしゃ》中学第三学年に編入《へんにゅう》されました。

六月、父量平《りょうへい》が、北中郷村《きたなかごうむら》村長《そんちょう》になりました。

このころ、民謡調《みんようちょう》の詩に力を入れていました。

英吉（雨情）は十二月になぜか、順天求合社《じゅんてんきゅうごうしゃ》中学を退学《たいがく》しています。どこの中学を卒業《そつぎょう》したのか、確認《かくにん》できていません。「神田《かんだ》中学卒業」という説《せつ》もあります。

十九歳《さい》になる明治三十四（一九〇一）年の四月、英吉は東京専門《せんもん》学校高等予科《よか》文学科（いまの早稲田《わせだ》大学）に入学しました。

たとえ中学を卒業していなかったとしても、手続《てつづ》きをすれば入れたのです。

学校では、坪内逍遥《つぼうちしょうよう》先生が目をかけてくださいました。

坪内先生は、明治十八年に、評論《ひょうろん》『小説神髄《しょうせつしんずい》』を書いて、これからの新しい小説のあり方を説《と》きました。同じ年に、自《みずか》らが唱《とな》える「写実主義《しゃじつしゅぎ》」（こういうものという考えを持たないで、あるがままをえがこうとすること）の実践《じっせん》（実際《じっさい》に行うこと）として、小説『当世《とうせい》書生気質《しょせいかたぎ》』を発表しています。二十四年には、『早稲田《わせだ》文学』を創刊《そうかん》。演劇《えんげき》の分野にも力を入れていました。

ところが英吉《えいきち》（雨情《うじょう》）は、入学の翌年《よくねん》、二十歳《さい》になる明治《めいじ》三十五（一九〇二）年五月に、学校を中途退学《ちゅうとたいがく》しました。野口家の家計《かけい》が苦しくなったからだともいわれますが、学校の勉強よりも文学活動《ぶんがくかつどう》がおもしろくなったのかもしれません。

この明治三十五年には、詩《し》やおとぎ話や短編小説《たんぺんしょうせつ》や俳句《はいく》やエッセイを、あちこちの雑誌《ざっし》に発表しています。単《たん》なる投稿《とうこう》もあるでしょうが、稿料《こうりょう》をもらったものもありそうです。文芸雑誌《ぶんげいざっし》『文庫《ぶんこ》』にのった俳句三句には、「烏城《うじょう》」の俳号《はいごう》が使われています。

そして、この年には、「雨情」の雅号《がごう》が初《はじ》めて使われたのです。

中国のある漢詩《かんし》の中の「雲恨雨情」という詩語《しご》から取ったもので、「雨情」とは「春雨《はめさめ》の降《ふ》る」ことだそうです。

ただ、しばらくは「北洞《ほくどう》」ほか、幾種類《いくしゅるい》かの署名《しょめい》をしています。

でも、「雨情」も使われたのですから、ここからは「野口雨情」とよぶことにします。

東京専門《せんもん》学校を中退《ちゅうたい》した野口雨情ですが、郷里磯原《きょうりいそはら》には帰っていません。水戸《みと》（茨城《いばらき》県《けん》の県庁所在地《けんちょうしょざいち》）にある『常総新聞《じょうそうしんぶん》』の文学欄担当記者《ぶんがくらんたんとうきしゃ》をしていたようだともいわれています。

家をつぐ雨情《うじょう》

翌明治三十六（一九〇三）年の秋、郷里で村長を務《つと》めていた父量平《りょうへい》の体に、異変《いへん》が起《お》きました。食べたものがのどにつっかえるのです。上京《じょうきょう》して大学病院《だいがくびょういん》などでみてもらいましたが、病状《びょうじょう》はしだいに悪くなっていきます。食道《しょくどう》がんだったのです。

長男である雨情は実家《じっか》に帰って、家の仕事を手伝《てつだ》うことになりました。鉄道《てつどう》に客《きゃく》をとられて、回船業《かいせんぎょう》はもうやめていました。もっぱら農作業《のうさぎょう》です。こんにゃく畑《ばたけ》のめんどうをみて、冬の初《はじ》めに「こんにゃく玉《だま》」をほったりしました。

東京で入院《にゅういん》していた父量平ですが、十二月十七日、治療《ちりょう》をあきらめて磯原の家に帰ってきました。

年が明けて明治《めいじ》三十七（一九〇四）年一月二十九日、父量平《りょうへい》は息《いき》をひきとりました。村長であり野口家当主《のぐちけとうしゅ》である、父量平の葬儀《そうぎ》は、二月二日に執《と》り行われました。さすがに立派《りっぱ》なものでした。東京からかけつけた、伯父勝一《おじかついち》の姿《すがた》がありました。

「お母さん、この野口の家を、私《わたし》がつがせていただきます。ご安心ください。」

いざとなれば頼《たの》もしい、総領息子《そうりょうむすこ》です。

「そうかい。この家をついでくれるかい。」

母てるを、感激《かんげき》させました。

さて、雨情《うじょう》は父の後をついで、この旧家《きゅうか》を支《ささ》えていけるのでしょうか。

この年二月、ロシアとの戦争《せんそう》――「日露《にちろ》戦争」が起《お》こりました。

内村鑑三《うちむらかんぞう》先生は前年から、日露開戦反対《かいせんはんたい》をうったえていました。歌人《かじん》の与謝野晶子《よさのあきこ》は弟が兵隊《へいたい》にとられて、非戦詩《ひせんし》「君死《きみし》にたまふこと勿《なか》れ」を、詩歌雑誌《しいかざっし》『明星《みょうじょう》』に発表しました。

英吉《えいきち》（雨情《うじょう》）自身は、そういう表立った行動は取れませんでした。

翌《よく》明治三十八（一九〇五）年――。

三月に、第一詩集《ししゅう》『枯草《かれくさ》』を、水戸《みと》の高木知新堂《たかぎちしんどう》から自費出版《じひしゅっぱん》しました。民謡調《みんようちょう》の、新体詩《しんたいし》（西洋《せいよう》の詩をまねた、新しいていさいの詩）十四編《ぺん》と口語定型詩《こうごていけいし》（話しことばを使い、字数をそろえた詩）四編を収《おさ》めたものです。

この詩集に、「枯草」というさびしげな題《だい》をつけたのは、戦争反対の働《はたら》きかけができなかった、情《なさ》けない自分をはじたのでした。

せっかく意気込《いきご》んだ詩集でしたが、残念《ざんねん》ながら、それほど評判《ひょうばん》にはなりませんでした。

それでもこの年は、新聞《しんぶん》や雑誌への作品発表が盛《さか》んでした。

五月に、栃木県塩谷郡喜連川町《とちぎけんしおやぐんきつれがわまち》（いまのさくら市）の資産家《しさんか》、高塩家《たかしおけ》の次女《じじょ》「ひろ」を、嫁《よめ》にむかえました。ひろは雨情と同《おな》い年で二十三歳《さい》、宇都宮高等女学校《うつのみやこうとうじょがっこう》（いまの栃木県立《とちぎけんりつ》宇都宮《うつのみや》女子高等学校）を出ていて、「秋星《しゅうせい》」の号《ごう》で俳句《はいく》を発表したりしていました。

当時の婚礼《こんれい》は、夜に行われました。

野口家の新しい当主《とうしゅ》である雨情の祝言《しゅうげん》は、さすがに豪勢《ごうせい》でした……といいたいところですが、少しひかえめになりました。亡《な》くなった父量平が、かなりの借金《しゃっきん》を残《のこ》していたのです。

それでも立派《りっぱ》な、こし入れでした。長い花嫁行列《はなよめぎょうれつ》……。白むく姿《すがた》の花嫁《はなよめ》は、馬の背《せ》にゆられて……。

日露戦争《にちろせんそう》が日本の勝利《しょうり》で終わり、アメリカのポーツマスで、日露講和条約《にちろこうわじょうやく》（ポーツマス条約）が結《むす》ばれました。

十一月に、東京でお世話《せわ》になった、伯父野口勝一《おじのぐちかついち》が亡《な》くなりました。勝一は父量平《りょうへい》の兄であり、なにかと雨情《うじょう》の力になってくれたのでした。

大きな借金《しゃっきん》をかかえた当主《とうしゅ》雨情は、いっそう心細くなりました。

明治《めいじ》三十九（一九〇六）年の三月、長男雅夫《まさお》が生まれました。

雨情《うじょう》は四月に家を出て、栃木県《とちぎけん》の知り合いの家に身を寄《よ》せました。

五月に、野口家の山林《さんりん》や田畑《でんぱた》の一部が、競売《きょうばい》にかけられました。返し切れない借金《しゃっきん》の、せめてもの償《つぐな》いです。大口《おおぐち》の借金はそれで許《ゆる》してもらいましたが、細かい借金は残りました。

2　さすらう雨情《うじょう》

なぜか樺太《からふと》に

明治《めいじ》三十九（一九〇六）年の七月、二十四歳《さい》の雨情《うじょう》は樺太に来ていました。『報知新聞《ほうちしんぶん》』の樺太通信員《つうしんいん》として働《はたら》いているのです。三月に長男が生まれたばかりだというのに、家族を茨城《いばらき》に残して、遠い北の果《は》てまで働きに来たのです。

ところで、樺太（サハリン）がどこにあるかわかるでしょうか。宗谷海峡《そうやかいきょう》をはさんで、北海道《ほっかいどう》よりさらに北にあるのです。へちまのように南北《なんぼく》に細長い（北海道の北端《ほくたん》から本州《ほんしゅう》の東京くらいまでの）島なのです。

安政元《あんせいがん》（一八五四）年の日露和親条約《にちろわしんじょうやく》で、①千島列島《ちしまれっとう》のエトロフ以南《いなん》は日本領《りょう》、ウルップ以北《いほく》はロシア領、②樺太《からふと》は雑居地《ざっきょち》と定《さだ》められました。

その後《ご》、明治八（一八七五）年に樺太・千島交換条約《こうかんじょうやく》が結《むす》ばれ、樺太はロシア領、千島全島《ぜんとう》は日本領と決《き》められました。

だから樺太はロシア領だったのですが、日露戦争《にちろせんそう》のとき日本軍《ぐん》は南樺太《みなみからふと》（北緯《ほくい》五十度《ど》以《い》南《なん》）を占領《せんりょう》したのです。そして勝利《しょうり》したために、講和条約《こうわじょうやく》で日本にもらったのです。

雨情は、日本領になったばかりの南樺太へでかけたのでした。

もう少しだけ歴史《れきし》の復習《ふくしゅう》ですが、第二次世界大戦《せかいたいせん》の末期《まっき》（昭和《しょうわ》二十年八月）、ソ連《れん》（現《げん》ロシア連邦《れんぽう》）軍《ぐん》が南樺太を占領してしまいました。さらに、千島列島の南千島《みなみちしま》——択捉島《えとろふとう》・国後島《くなしりとう》、そして色丹島《しこたんとう》・歯舞諸島《はぼまいしょとう》（北方領土《ほっぽうりょうど》の四島）まで、占領してしまいました。

雨情は通信員として、南樺太領内《りょうない》の事件《じけん》や状況《じょうきょう》を報告《ほうこく》しなくてはなりません。そのために、あちこちを回りました。

南の大泊《おおとまり》（コルサコフ）から東海岸に沿《そ》って、北の敷香《しすか》（ポロナイスク）へ。

この東海岸は、日本人がまだあまり足を踏《ふ》み入れてなかったのです。

空にはツバメがとんでいて、なぎさにはアザラシがむれていました。

ポロナイ河《がわ》あたりの原住民《げんじゅうみん》には暦《こよみ》もなく、自然に身をゆだねて暮《く》らしているのでした。

夏のこのころは、川に丸木舟《まるきぶね》をうかべてサケやマスなどをとっていました。燻製《くんせい》にして、冬場の食料《しょくりょう》にするそうです。冬には雪の上にわなをしかけて、キツネやテンをつかまえ、皮《かわ》をはぐそうです。これらの生皮《なまかわ》は、春にロシアの商人《しょうにん》がやってきて、生活用品ととりかえてくれるのです。

いま目にとまる家は丸太の小屋ですが、冬には南向きの丘《おか》のふもとに、二・七メートル四方《しほう》くらいで深《ふか》さ二メートルほどの竪穴《たてあな》をほります。丸太を並《なら》べてふたをし、中でたき火をかこんで冬ごもりをします。なにぶん、北海道より北の寒《さむ》さなのです。

どの家でも、冬の犬ぞりに使う樺太犬《からふとけん》を、二、三びき飼《か》っています。

雨情《うじょう》は、北緯《ほくい》五十度線に近い原生林《げんせいりん》におおわれた山の中をぬけて、西海岸《にしかいがん》の安別《あもべし》に出ました。

西海岸のほうが、いくぶん開けています。

(これが間宮海峡《まみやかいきょう》か。海峡にしては広いが、向こうにかすんでいるのが大陸《たいりく》なんだなあ。それにしても、江戸《えど》のころはもっと未開《みかい》で、たいへんだっただろうなあ。林蔵《りんぞう》は私《わたし》とおなじ、常陸《ひたち》の国の人なんだ。)

江戸時代後期《こうき》に、間宮林蔵が幕府《ばくふ》から命《めい》じられた北樺太の探検《たんけん》をして、この間宮(タタール）海峡を見つけたのでした。はるか北のほうで、大陸とつながっているんだと思われていたのですが、間宮林蔵が実地踏査《じっちとうさ》をして、切り離《はな》されていることがわかったのです。半島《はんとう》ではなく、島だったのです。

気まぐれな雨情は、冬の寒さをおそれたのか、十月には樺太をはなれます。

「かたむいた野口家を立て直すために樺太にわたり、鮭漁《さけりょう》の事業をやろうとしたが、あいにくこの年は不漁《ふりょう》であきらめざるをえなかった」ともいわれます。

西海岸南《にしかいがんみなみ》の真岡《まおか》（ホルムスク）の港《みなと》から、小樽《おたる》へ向かう汽船《きせん》に乗りました。小樽《おたる》からは汽車で、函館《はこだて》へ出ました。函館から、横浜《よこはま》へ向かう船に乗りました。（行くときは、青森《あおもり》まで汽車で来て、連絡船《れんらくせん》で函館へわたりました。）

上京《じょうきょう》した雨情は、西大久保村《にしおおくぼむら》二五八番地（新宿区《しんじゅくく》）に住みました。

石川啄木《いしかわたくぼく》と雨情《うじょう》

明治《めいじ》四十（一九〇七）年一月から三月にかけて、詩集《ししゅう》パンフレット『朝花夜花《あさばなよばな》』第一編（一月）、第二編・第三編（三月）を自費出版《じひしゅっぱん》しました。民謡風《みんようふう》の口語定型詩《こうごていけいし》です。

三月に、牛込《うしごめ》（新宿区）の小川未明《おがわみめい》の家に住むようになりました。未明は雨情と同い年で、早稲田《わせだ》の英文科《えいぶんか》を出ていました。未明はのちに童話作家《どうわさっか》となり、『赤い蝋燭と人魚《ろうそくとにんぎょ》』『野薔薇《のばら》』などを書きます。

雨情は未明の紹介《しょうかい》で、「早稲田詩社《ししゃ》」の結成《けっせい》に加わり、詩作品を『早稲田文学』に発表するようになりました。仲間《なかま》には、相馬御風《そうまぎょふう》や三木露風《みきろふう》がいました。

御風は一つ年下で、早稲田大学校歌「都《みやこ》の西北《せいほく》」や童謡《どうよう》「春よ来い」を書きました。露風は七つ年下で、童謡「赤蜻蛉《とんぼ》」を書きました。

せっかく中央で詩人として活動できるようになった雨情なのですが、早稲田の坪内《つぼうち》逍《しょう》遥《よう》先生にたのんで、北海道《ほっかいどう》の新聞社《しんぶんしゃ》に、仕事を見つけてもらいました。

新聞記者《きしゃ》として二年あまり、北海道内《ない》をさすらうことになるのです。

「あなた、また遠い所へ行かれるのなら、私《わたし》も連《つ》れてってください。足手《あしで》まといでしょうけど、夫婦《ふうふ》なのですから。」

と、妻《つま》ひろが付《つ》いてくることになりました。

一歳《さい》三か月ほどの長男雅夫《まさお》を連れて……。しかもひろは、次の子を身《み》ごもっていたのです。まだ目立たなかったでしょうが、妊婦《にんぷ》だったのです。

夜十時上野駅発《うえのえきはつ》の汽車に乗りました。青森《あおもり》には翌日《よくじつ》の午後に着きました。連絡船《れんらくせん》で津軽《つがる》海峡《かいきょう》を渡《わた》ります。

雨情夫妻《ふさい》と長男雅夫が函館《はこだて》に着いたのは、七月二十日ごろでした。

さらに札幌《さっぽろ》へ行き、北鳴新報社《ほくめいしんぽうしゃ》で、新聞記者として働き始めます。

札幌は、内村鑑三《うちむらかんぞう》先生の母校《ぼこう》、札幌農学校《さっぽろのうがっこう》（当時の校名は東北帝国大学農科大学《とうほくていこくだいがくのうかだいがく》）のある所です。でも、東京にくらべれば、たいへんな田舎《いなか》なのです。

後《あと》で知り合う石川啄木は、この年五月に函館に来て、二か月ほど弥生尋常《やよいじんじょう》小学校の代用《だいよう》教員《きょういん》をした後、函館日日《にちにち》新聞社に入っていました。雨情と同じように、家族《かぞく》（母親、妹、

妻節子《つませつこ》と八か月ほどの長女）といっしょなのでした。

八月二十五日夜、函館《はこだて》の町に大火事《おおかじ》が起きました。啄木《たくぼく》と家族《かぞく》は逃《に》げまどいましたが、命《いのち》からがら助かりました。函館全市《ぜんし》の三分の二が焼《や》けてしまうという大火《たいか》だったのです。

啄木が、札幌《さっぽろ》へ移《うつ》ってきました。啄木のほうは、家族を小樽《おたる》の姉の家にあずけていました。

啄木は九月十六日に、北門新報社《ほくもんしんぽうしゃ》に入りました。この新聞社の記者小国善平《おぐにぜんぺい》（露堂《ろどう》）が、啄木と同じ岩手県《いわてけん》の出身《しゅっしん》で、紹介《しょうかい》してくれたのです。小国は啄木より九歳年長《さいねんちょう》でした。

雨情の『北鳴新報《ほくめいしんぽう》』と啄木・小国の『北門新報』は、経営《けいえい》が同じでした。

雨情と啄木を引き合わせたのは、双方《そうほう》を知っていた小国でした。

九月二十三日の夜、小国の下宿《げしゅく》で、

「こちらが、『早稲田《わせだ》文学』に民謡調の詩を発表している、野口雨情君《のぐちうじょうくん》だよ。

そしてこちらが、『明星《みょうじょう》』に詩《し》や短歌《たんか》を発表している、石川啄木君だよ。」

「石川啄木です。よろしく。」

「野口雨情です。よろしく。」

雨情のほうが、四つ年上なのです。

「私《わたし》の岩手の実家《じっか》は寺だったんですが、住職《じゅうしょく》の父が不始末《ふしまつ》をして、寺を追《お》われました。いまは私が家族を連《つ》れて、こうして北海道をさまよっているんです。」

「そうでしたか。でも私も、似《に》たようなものです。茨城《いばらき》の実家は父が亡《な》くなり、私が後《あと》をついだのですが、借金《しゃっきん》のために破産寸前《はさんすんぜん》です。私もやはり、家族を連れています。」

お互《たが》いに、気の毒《どく》な身の上なのです。

「私はじつは、小説家《しょうせつか》になりたいのです。いくつか書いてはみましたが、評判《ひょうばん》は芳《かんば》しくないのです。それでもまだ、あきらめてはいないのです。詩《し》や短歌《たんか》よりも、小説なのです。

もう一度東京に出て、自分の力をためしてみたいのです。」

「そうですか。私《わたし》などは、これといった目標《もくひょう》もなく、詩を書いています。将来《しょうらい》の見通しがないからか、東京をはなれてしまいました。」

雨情《うじょう》も啄木《たくぼく》も第一詩集を出していて、ある程度《ていど》の活躍《かつやく》はしているのですが、広く名を知られた存在《そんざい》でもないのです。

二人の話が一段落《いちだんらく》したと見て、小国《おぐに》が切り出しました。

「ところで、野口君と石川君、この間から話してる小樽日報社《おたるにっぽうしゃ》の件《けん》だけど、二人とも思い切って移《うつ》らないか。月給《げっきゅう》もいまより高くなるし、存分《ぞんぶん》に力をふるってもらえるんだ。」

小樽に新しくできる新聞社に移るよう、小国から別々《べつべつ》に勧《すす》められていたのです。

二人とも生活が苦しかったので、収入《しゅうにゅう》がふえるみりょくも大きかったのでしょう。

「野口君、おもしろそうじゃないか。」

「ああ、私《わたし》も受けようかと思っていたんだ。」

ということで、決断《けつだん》にこぎつけたのでした。

「うん、よかった。これからは二人で、いい新聞を作ってくれたまえ。」

と、小国はごきげんでした。

雨情と啄木は、初対面《しょたいめん》で意気投合《いきとうごう》してしまいました。

啄木はこの日の日記に、「夜《よる》小国君の宿《やど》にて野口雨情君と初《はじ》めて逢《あ》へり。温厚《おんこう》にして丁寧《ていねい》、色青《いろあお》くして髯黒《ひげくろ》く、見るから内気《うちき》なる人なり。」と書いています。

雨情は北鳴新報社《ほくめいしんぽうしゃ》をやめ、啄木《たくぼく》は北門新報社《ほくもんしんぽうしゃ》をやめて、小樽へうつりました。

十月一日、小樽日報社で編集会議《へんしゅうかいぎ》が開かれました。啄木は積極的《せっきょくてき》に発言しました。雨情はひかえめです。雨情と啄木は、三面記事《さんめんきじ》を担当《たんとう》することになりました。

十月十五日、『小樽日報』が創刊《そうかん》されました。

啄木は紙面《しめん》に、詩や短歌を発表しました。(雨情ものせたかもしれません)

二人は同社主筆《どうしゃしゅひつ》の岩泉江東《いわいずみこうとう》が気に食わなくて、かれを追《お》いはらおうとねらっていました。

その動きがばれて、雨情はぎゃくに、社をやめさせられました。同月《どうげつ》三十一日です。啄木はかれに丸めこまれて、社にとどまりました。その啄木も、不満《ふまん》がつのって、十二月にやめてしまいます。

啄木は小樽日報《おたるにっぽう》の白石社長《しらいししゃちょう》が経営《けいえい》している、釧路新聞社《くしろしんぶんしゃ》で働くことになりました。

さて、雨情《うじょう》なのですが、仕事がなくなって、生活がますます苦しくなりました。

長女みどりの死《し》

まだ小樽にいた、明治《めいじ》四十一（一九〇八）年三月、妊娠《にんしん》していた妻《つま》ひろが、長女みどりを出産《しゅっさん》しました。

めでたい出来事《できごと》のはずだったのですが、みどりは八日後《ようかご》に死んでしまいました。

「あなた、ごめんなさい。私《わたし》がついてきたばっかりに、こんなことになって……。」

妻ひろは、わが子に死なれた悲《かな》しみとともに、夫《おっと》へのもうしわけなさに、泣《な》き伏《ふ》しました。

「いや、そうじゃない。みな、私が悪いんだ。私がふがいないから、せっかくの命《いのち》を守《まも》ってやれなかったんだ。かわいそうなことをした。」

雨情もまた、取り返しのつかない無念《むねん》さに、涙《なみだ》ぐみました。

まだ物心《ものごころ》のつかないまま、しんみりしている二歳《さい》の長男雅夫《まさお》を、抱《だ》き寄《よ》せてやりました。

野口雨情《のぐちうじょう》が死んだ?

北海道新聞社(札幌《さっぽろ》・五月〜)、室蘭《むろらん》新聞社、胆振新報社《いぶりしんぽうしゃ》、北海旭《ほっかいあさひ》新聞社(旭川《あさひかわ》)など、北海道内《ない》の新聞社を転々《てんてん》としながら、北海道での生活はつづきました。

明治四十一年九月十九日、『読売《よみうり》新聞』に〝野口雨情死す〟の記事がのりました。

このとき、まだ生きていた野口雨情は、札幌《さっぽろ》の北海道新聞社の記者でした。

「おいおい、野口雨情君が死んだのかい? あそこにいるのは、死んだ野口君かい?」

などと、北海道新聞社内では、冗談半分《じょうだんはんぶん》にさわいでいます。

同じ野口でも、死んだのは、同社広告部《どうしゃこうこくぶ》の野口木之助《のぐちきのすけ》という老人《ろうじん》でした。「北海道新聞の野口」ということで、雨情とかんちがいされたのです。

その死(?)が全国紙《ぜんこくし》に報《ほう》じられるほど、野口雨情はすでに有名《ゆうめい》だったとも言えます。

その死を信じて振《ふ》り回《まわ》されたのは、詩人仲間《しじんなかま》でした。

先《ま》ずは、石川啄木《いしかわたくぼく》です。一月に釧路《くしろ》新聞社に入りましたが、四月にはやめて、東京に出ていました。さっそく、「悲《かな》しき思ひ出《い》――野口雨情《のぐちうじょう》君の北海道時代」という追悼文《ついとうぶん》を書いています。

そして、早稲田詩社《わせだししゃ》の仲間たちが、『早稲田文学』の誌面《しめん》をさいて追悼号《ついとうごう》を出そうと、みんなで追悼文を書きおえていたそうです。

(どんなことを書いてくれたのか、読ませていただこうか。いやいや、めいわくをかけてしまった。)

ほんとうに、人騒《ひとさわ》がせな誤報《ごほう》でした。

九月の終わりに室蘭《むろらん》新聞社に移《うつ》った時点《じてん》で、妻子《さいし》を郷里《きょうり》磯原《いそはら》に帰しました。

雨情はいよいよ生活にこまり、明治《めいじ》四十二(一九〇九)年十一月に北海道をはなれました。船で横浜《よこはま》に着いたのでした。

いったん故郷《こきょう》磯原へ帰りましたが、また一人だけ上京《じょうきょう》して、牛込区《うしごめく》(新宿区《しんじゅくく》)若松町《わかまつちょう》六一番地に住みました。

3

もうしばらく無名《むめい》の雨情《うじょう》

啄木《たくぼく》ゆかりの釧路《くしろ》

明治《めいじ》四十三（一九一〇）年、二十八歳《さい》の雨情《うじょう》は本郷区《ほんごうく》（文京区《ぶんきょうく》）千駄木町《せんだぎちょう》二七番地佐藤方《さとうかた》に住んで、有楽社《ゆうらくしゃ》に勤《つと》めていました。仕事は『グラヒック』という写真雑誌《しゃしんざっし》の編集《へんしゅう》でした。

明治四十四（一九一一）年の六月、内幸町《うちさいわいちょう》（千代田区）の住《す》まいに、郷里磯原《きょうりいそはら》から妻子《さいし》を呼《よ》び、つづいて母てるを引き取りました。

雨情は八月十八日から九月にかけて、皇太子殿下《こうたいしでんか》（のちの大正天皇《たいしょうてんのう》）の北海道行啓《ぎょうけい》（皇太子《こうたいし》などのおでかけ）に従《したが》う記者団《きしゃだん》に加わりました。

雨情には一年九か月ぶりの北海道です。

函館《はこだて》、札幌《さっぽろ》、小樽《おたる》、旭川《あさひかわ》、帯広《おびひろ》とまわって、釧路《くしろ》にやってきました。

釧路は、啄木が小樽から移った、東のさいはての町です。かれが釧路《くしろ》新聞社にいたのはわずか三か月足らずでした。船で函館へ行き、横浜へ向かう航路《こうろ》で上京《じょうきょう》したのでした。雨情は二年四か月ほど北海道にいましたが、啄木は一年足らずでした。

雨情たち雑誌社《ざっししゃ》や新聞社《しんぶんしゃ》の記者団《きしゃだん》は、町の歓迎会《かんげいかい》にまねかれました。

釧路第一の料理屋《りょうりや》〇万楼《まるまんろう》で、にぎやかな宴会《えんかい》となりました。酒《さけ》のおしゃくをする芸者《げいしゃ》さんも、何人かいます。

（ひょっとするとこの中に、石川君が親《した》しくしていたという、小奴《こやっこ》がいるかもしれない。）

と、雨情は思いました。

そこで、女中《じょちゅう》さんに、

「小奴という芸者《げいしゃ》さんはいるかね。」

と、聞いてみました。すると、

「支庁長《しちょうちょう》さんの前にいるのが小奴さんです。」

と、教えてくれました。

年は二十二、三くらい。丸顔で色の浅黒《あさぐろ》い、あまり背《せ》の高くない、でもちょっとかわいい女の人なのでした。

順《じゅん》におしゃくをして、雨情の前にやってきました。

「君《きみ》が小奴《こやっこ》かい。」

「お客《きゃく》さんはどうして、私《わたし》を……?」

と、けげんそうにしています。

「君は石川啄木君《いしかわたくぼくくん》を知ってるよね。」

「石川さん?」

と、思い出すのに、ちょっと時間がかかりました。

「私はかれの友だちで、野口雨情《のぐちうじょう》という者です。」

「そうでしたか、野口さんのおうわさは、よく聞いていました。あの人はいま、どこにいるのでしょうか。」

東京へ行ったらしいというだけで、その後《ご》の啄木のことは知らないのでした。

昨年《さくねん》の十二月に第一歌集《かしゅう》『一握《いちあく》の砂《すな》』(東雲堂《しののめどう》)を出したことも、その歌集の中に小奴を詠《うた》った歌が十三首《しゅ》もあることも、知らなかったのでした。

(啄木ってやつは、なんて身勝手《みがって》なんだろう。函館《はこだて》の小学校では、妻子《さいし》のある身《み》で、未婚《みこん》の女教師《じょきょうし》に恋《こい》をしたっていうし……。)

歌集『一握の砂』には、この女教師、橘《たちばな》智《ち》恵子《えこ》への思いを詠《うた》った二十二首《しゅ》の恋歌《こいうた》が収《おさ》められているのです。

「東京に帰ったら、君に会ったことを、石川君に話してあげるよ。」

とは、言ってあげたものの、そのころの啄木は肺結核《はいけっかく》にかかっていて、翌年《よくねん》四月に、二十六歳《さい》で亡《な》くなります。

北海道にいた九月に、母てる危篤《きとく》の電報《でんぽう》をうけとり、急《いそ》いで帰京《ききょう》しましたが、臨終《りんじゅう》に間にあいませんでした。これで、両親《りょうしん》を失《うしな》ったのです。

離婚《りこん》と再婚《さいこん》

明治《めいじ》四十五（一九一二）年――。

三月に『グラヒック』が休刊《きゅうかん》となり、六月に有楽社《ゆうらくしゃ》が解散《かいさん》したため、雨情一家《うじょういっか》は郷里磯原《きょうりいそはら》に帰りました。しばらく詩壇《しだん》からはなれることになります。

妻《つま》ひろの実家高塩家《じっかたかしおけ》が磯原に持っていた山林《さんりん》（ひろがもらっていた）の管理《かんり》を手伝い、農業《のうぎょう》をやりました。消防団《しょうぼうだん》を組織《そしき》したり、磯原漁業組合《ぎょぎょうくみあい》の組合長《ちょう》を務《つと》めたりもしました。

この年の七月三十日、明治天皇《てんのう》が亡《な》くなり、同日《どうじつ》、元号《げんごう》が大正《たいしょう》となりました。

大正二（一九一三）年四月、次女美晴子《みはるこ》が生まれました。

大正四（一九一五）年五月十日、雨情は妻ひろとの離婚届《とどけ》を出しました。このままでは借金《しゃっきん》のために、ひろ名義《めいぎ》の山林まで取られてしまうからでした。ひろが喜連川《きつれがわ》の高塩家《たかしおけ》に帰ったのは、大正六（一九一七）年七月でした。

いずれ復縁《ふくえん》するという約束《やくそく》でした。

　ひろは大正九（一九二〇）年、子どもを養育《よういく》するために、磯原の野口家《のぐちけ》にもどりました。

　そしてさらに、昭和十八（一九四三）年、長男雅夫《まさお》と次女美晴子の母として野口家に復籍《ふくせき》します。ただし、雨情の妻としてではありませ

ん。雨情は分家《ぶんけ》をした形になります。

ひろと別れた雨情は、十二月から翌《よく》大正五（一九一六）年三月まで、福島県富岡町《ふくしまけんとみおかまち》で開拓事業《かいたくじぎょう》をしたりします。

大正六（一九一七）年には、入山炭鉱事務所《いりやまたんこうじむしょ》（湯本町《ゆもとまち》）に勤《つと》めました。七月にひろが喜連川《きつれがわ》に帰り、雨情は長男雅夫と次女美晴子をつれて、湯本町《ゆもとまち》（いまの福島県いわき市）の柏屋《かしわや》に移りました。

大正七（一九一八）年十月、雨情は二人の子を人にあずけ、湯本《ゆもと》からひとりだけ水戸《みと》に出ました。

水戸では、対紅館《たいこうかん》という下宿屋《げしゅくや》に入ったのですが、そこの文学少女の娘《むすめ》さん（中里《なかざと》つる）が気に入って、間もなく結婚《けっこん》しました。（入籍《にゅうせき》は昭和十年）つるの実家《じっか》は、同じ茨城県《いばらきけん》の真壁郡下妻町《まかべぐんしもつままち》（いまの下妻市《しもつまし》）です。雨情より二十歳《さい》年下で、まだ十六歳《さい》でした。

雨情の水戸《みと》での住所《じゅうしょ》は、水戸市銀杏町《ぎんなんちょう》（いまの宮町《みやまち》）九九番地対紅館《たいこうかん》でした。

4

童謡詩人《どうようしじん》・野口雨情《のぐちうじょう》

子どものための歌

雨情《うじょう》が生まれたのは明治《めいじ》十五年ですが、その前年《ぜんねん》の明治十四年に、『小学唱歌集《しょうかしゅう》・初編《しょへん》』が刊行《かんこう》されました。

「蛍《ほたる》の光《ひかり》」（ほたるのひかり　まどのゆき……）「蝶々《ちょうちょう》」（ちょうちょう　ちょうちょう　菜《な》の葉《は》にとまれ……）などが収《おさ》められています。

子どもたちは学校で、唱歌《しょうか》を習《なら》いました。

同じ歌を習うから、みんなが知っているのです。国民的《こくみんてき》な歌になるのです。

明治時代の「荒城《こうじょう》の月」（春高楼《はるこうろう》の花の宴《えん》……）、大正時代の「春の小川」（春の小川はさらさら流《なが》る（いくよ）……）「朧月夜《おぼろづきよ》」（菜《な》の花畠《はなばたけ》に　入日薄《いりひうす》れ……）「故郷《ふるさと》」（兎追《うさぎお》いしかの山　小鮒《こぶな》釣りしかの川……）、昭和時代の「こいのぼり」（やねよりたかい　こいのぼり……）「チューリップ」（さいた　さいた　チューリップの　はなが……）「うみ」（うみは　ひろいな　大きいな……）など、現代《げんだい》でも歌われています。

学校で習う唱歌は、昭和二十年の終戦後《しゅうせんご》も、しばらくはつづきました。

さて、大正時代にもどります。

「学校で習う唱歌は、堅苦《かたくる》しくていけない。おもしろくない。子どもたちが喜んで歌える、よい歌がほしい。」

と、思った人がいました。

夏目漱石門下《なつめそうせきもんか》の作家、鈴木三重吉《すずきみえきち》です。

三重吉は、

「読みものも、おとぎばなしのようなものばかりで、つまらない。いまの子どもたちが楽しんで読める、いいお話がほしい。」

とも思ったようです。むしろ、こちらが先だったのでしょう。

たのです。

三重吉《みえきち》は娘《むすめ》「すず」に読んでやりたいお話や、歌って聞かせたい歌がないことに気づいたのです。

（それなら私《わたし》が働きかけて、日本の子どもたちに、よい童話《どうわ》や童謡《どうよう》をプレゼントしよう。）

と、思い立ったのです。

大正《たいしょう》七（一九一八）年七月、鈴木三重吉によって、童話童謡雑誌《どうわどうようざっし》『赤《あか》い鳥《とり》』（創刊号《そうかんごう》は七月号）が創刊《そうかん》されました。

童話には、当時の有力作家《ゆうりょくさっか》が起用《きよう》されました。ほとんどの作家が初めて、子ども向けのお話を書いたのです。「私に、はなたれ小僧《こぞう》のためのお話を、書けというのか。」と、しぶった作家先生《さっかせんせい》もいたことでしょう。三重吉は熱心《ねっしん》に説得《せっとく》したのです。

童謡には、有力な詩人が起用《きよう》されました。

中心になったのは、北原白秋《きたはらはくしゅう》でした。

白秋は雨情《うじょう》より三歳《さい》年下で、雨情と同じく早稲田《わせだ》大学中退《ちゅうたい》でした。すでに詩人《しじん》・歌人《かじん》として、認《みと》められていました。

そしてもう一人、西条八十《さいじょうやそ》もかつやくしました。

八十は雨情より十歳年下で、早稲田大学英文科卒業《わせだだいがくえいぶんかそつぎょう》でした。初《はじ》めは詩だけがのりましたが、まもなく作曲《さっきょく》されて、歌えるようになりました。児童雑誌の数もふえて、童謡運動《うんどう》はもりあがっていきます。

折《おり》からの、「大正デモクラシー」とよばれる、時代の風潮《ふうちょう》にのったのです。民主主義《みんしゅしゅぎ》、自《じ》由主義《ゆうしゅぎ》の考えがすすみ、ヨーロッパ風のハイカラな生活が広まり始めていました。子どもたちも大切にされたのです。

三大童謡詩人《どうようしじん》の三人目

この童謡運動が始まったころ、雨情も童謡を書きはじめたのですが、まだ地方での作品発表でした。茨城県《いばらきけん》の水戸《みと》にいたのです。

大正八（一九一九）年三月、『茨城少年』の主幹《しゅかん》として、童謡などの詩歌《しいか》を担当《たんとう》することになりました。

六月、詩集『都会と田園《とかいとでんえん》』を銀座書房《ぎんざしょぼう》から自費出版《じひしゅっぱん》しました。都会と田園をうたった二十一編《ぺん》の自由詩が収《おさ》められています。この詩集によって、いちおう、中央の詩壇《しだん》へ復帰《ふっき》したのです。

とはいっても、『赤い鳥』はもちろん、ほかの雑誌《ざっし》からも、原稿《げんこう》のいらいはきません。

七月、あせりをおぼえた三十七歳《さい》の雨情《うじょう》は、東京へでかけていきました。小川未明《おがわみめい》や三木露風《みきろふう》など、早稲田詩社関係《わせだししゃかんけい》の友人《ゆうじん》をたずねて、

「私《わたし》も童謡《どうよう》をやりたいのだが、どこか使ってくれそうな、雑誌はないだろうか。」

と、たのみました。

しばらく東京にとどまった雨情は、八月のある日、代々幡村代々木《よよはたむらよよぎ》（いまの渋谷区《しぶやく》）に住む、作曲家《さっきょくか》の中山晋平《なかやましんぺい》をたずねました。

紹介《しょうかい》してくれたのは、東京専門《せんもん》学校（早稲田《わせだ》大学）にいたとき同級《どうきゅう》だった鈴木善太郎《すずきぜんたろう》でした。鈴木は、中山晋平が学んだ、東京音楽学校《とうきょうおんがくがっこう》（いまの東京芸術《げいじゅつ》大学音楽学部《がくぶ》）に通《かよ》ったことがあって、のちに晋平を教えることになる、本居長世《もとおりながよ》と同級《どうきゅう》だったのでした。

晋平は雨情より五歳《さい》年下で、長野県中野市《ながのけんなかのし》の出身《しゅっしん》です。演劇家島村抱月《えんげきかしまむらほうげつ》の家の書生《しょせい》をしていた関係《かんけい》で、女優松井須磨子《じょゆうまついすまこ》が劇《げき》の中でうたう歌の作曲をたのまれ、すでに、大正三年

「カチューシャの唄《うた》」（島村抱月《しまむらほうげつ》・相馬御風《そうまぎょふう》作詩《さくし》）、大正四年「ゴンドラの唄《うた》」（吉井勇《よしいいさむ》作詩《さくし》）、大正六年「さすらひの唄《うた》」（北原白秋《きたはらはくしゅう》作詩《さくし》）などのヒット曲《きょく》を生み出していたのです。

雨情は、「ぜひ、作曲してください。」と、「枯《か》れすすき」という詩をあずけました。

雨情の童謡をのせてくれたのは、小川未明が童謡や童話を発表している『おとぎの世界』（八月号）と、三木露風が童謡を発表している『こども雑誌』（八月号）でした。

でも、どちらの作品も、評判《ひょうばん》にはなりませんでした。

おちこんでいた雨情を救《すく》ってくれたのは、早稲田出身《しゅっしん》の西条八十《さいじょうやそ》でした。

いま『赤い鳥』でかつやくしている、あの八十が、すいせんしてくれたのです。

八十はこれまでの雨情の詩業《しぎょう》に、注目《ちゅうもく》してくれていたのです。

八十が紹介《しょうかい》してくれたのは、早稲田出身の編集者《へんしゅうしゃ》、斎藤佐次郎《さいとうさじろう》でした。

残暑《ざんしょ》のきびしい日でした。和服《わふく》にややくたびれた袴《はかま》をはいた雨情は、上野公園《うえのこうえん》のそばの根津《ねづ》（いまの文京区《ぶんきょうく》）の、斎藤宅《さいとうたく》をたずねました。

「わたくし、西条八十さんと知り合いの、野口雨情という者でやんす。よろしく。」

といって、八十《やそ》が書いてくれた紹介状《しょうかいじょう》をさしだしました。

「あなたが、野口雨情《うじょう》さんですか。お名前は、ぞんじあげております。よくいらっしゃいました。」

斎藤《さいとう》は八十と同じく早稲田《わせだ》大学英文科卒業で、八十より一級上《いっきゅううえ》でした。雨情より九歳《さい》くらい年下《としした》です。

雨情はふところから手ぬぐいを出して、汗《あせ》をふいたあと、持って来た童謡《どうよう》の原稿《げんこう》を、斎藤の前にさしだしました。

「こんな詩で、いかがでやんしょうか。」

「拝見《はいけん》させていただきます。」

それは、「鈴虫《すずむし》の鈴《すず》」という、童謡詩《どうようし》でした。目をとおした斎藤は、

「なかなかいいですねえ。さっそく『金《きん》の船《ふね》』に、のせさせていただきますよ。」

と、言ってくれました。

「それは、ありがたいでやんす。」

『金の船』というのは、まもなく創刊《そうかん》されることになっている、新しい童話童謡雑誌《どうわどうようざっし》な

金の船

のでした。斎藤佐次郎《さいとうさじろう》の住《す》まいが、『金の船』の編集所《へんしゅうじょ》なのです。

ところで、雨情《うじょう》が話すことばには、茨城弁《いばらきべん》の「やんす」がまじるのです。この「やんす」は、ある人には「がァんす」と聞こえ、また別《べつ》の人には「あんす」とも聞こえるのでした。

『金の船』の創刊号《そうかんごう》(十一月号)は、この大正八年の十月に出ました。

巻頭《かんとう》は、若山牧水《わかやまぼくすい》の詩でした。牧水は歌人《かじん》ですが、与謝野晶子《よさのあきこ》や島木赤彦《しまきあかひこ》など、歌人も童謡運動《どうようううんどう》にかりだされたのでした。牧水は『金の船』お抱《かか》えの童謡詩人《どうようしじん》でした。その妻若山喜志子《やまきしこ》(歌人)も時々童謡をのせました。歌人の茅野雅子《ちのまさこ》も童謡を書きました。

そして野口雨情が、『金の船』の看板詩人《かんばんしじん》になるのですが、創刊号《そうかんごう》の「鈴虫《すずむし》の鈴《すず》」は中の方にのりました。まだ若山牧水ほど知られていなかったのです。それでも、雨情の詩は、北村季晴《きたむらすえはる》によって作曲《さっきょく》され、楽譜《がくふ》がいっしょにのりました。

斎藤佐次郎《さいとうさじろう》の童話ものっていました。

野口雨情は、北原白秋《きたはらはくしゅう》・西条八十《さいじょうやそ》と並《なら》んで、〝三大童謡詩人《さんだいどうようしじん》〟とよばれる存在《そんざい》になっていきます。

5

名作《めいさく》童謡《どうよう》・新民謡《しんみんよう》・歌謡《かよう》曲《きょく》の数《かず》かず

すぐに名作童謡《どうよう》が

雑誌『金の船』の、第二号（大正八年十二月号）では、雨情《うじょう》の童謡《どうよう》「雪降《ゆきふ》りのお婆《ばば》」が巻頭《かんとう》になりました。

『金の船』の、大正九（一九二〇）年一月号には、「鼬《いたち》の嫁入《よめい》り」が楽譜《がくふ》付きでのりました。作曲は中山晋平《なかやましんぺい》でした。ただし、「萱間三平《かやまさんぺい》」のペンネームになっています。晋平《しんぺい》はまだ、浅草《あさくさ》の千束尋常《せんぞくじんじょう》小学校の音楽の先生だったのです。

『金の船』には毎号《まいごう》、雨情の童謡が一、二編《へん》のりました。大正九年三月号に、都会風《とかいふう》のしゃれた童謡がのりました。

四丁目《ちょうめ》の犬

一丁目の子供《こども》

駈《か》け駈け　帰れ

二丁目の子供
泣《な》き泣き　逃《に》げた

四丁目の犬は
足長犬《あしながいぬ》だ

三丁目の角《かど》に
こっち向いていたぞ。

作曲・本居長世《もとおりながよ》

民謡調《みんようちょう》の泥臭《どろくさ》い詩を書いていたはずなのに、これがほんとうに、野口雨情の詩なのでしょうか。まるで現代の詩のように、空気がすみきっています。ただ、つながれていない犬のようで、現代とはちがうともいえます。

一丁目、二丁目、三丁目……数字《すうじ》をうまく使っています。

しかも、数字の登場《とうじょう》する順序《じゅんじょ》が一、二、三、四ではなく、四、三と入《い》れ替《か》わっています。

変化《へんか》をつけてあるのです。起承転結《きしょうてんけつ》のまとめ方にのっとっています。三つめの転《てん》のところで、数字が入《い》れ替《か》わっています。心憎《こころにく》いばかりの上手《うま》さです。

二丁目までいってしまうと、こわい犬と目があって、泣《な》きだしてしまいます。一丁目で方向を変えないと、まにあいません。

雨情《うじょう》はこの詩を、水戸《みと》で書いています。住んでいた銀杏町《ぎんなんちょう》（いまの宮町《みやまち》）は、水戸駅《えき》に近い町中《まちなか》です。

本居長世《もとおりながよ》の作曲譜《さっきょくふ》が、翌《よく》四月号にのりました。

本居長世は東京音楽学校助教授《じょきょうじゅ》（いまの准教授《じゅんきょうじゅ》）で、晋平《しんぺい》を教えた先生でした。江戸《えど》時代中期《じだいちゅうき》の国学者《こくがくしゃ》、本居宣長《もとおりのりなが》の第五代の孫《まご》で、明治《めいじ》十八年東京生まれです。

『金の船』の、大正《たいしょう》九年三月号には、「葱坊主《ねぎぼうず》」が楽譜《がくふ》付きでのりました。作曲は本居長《もとおりなが》世《よ》でした。

『金の船』の、大正九年六月号に、今度《こんど》は土のにおいがいっぱいの詩がのりました。

蜀黍畑《もろこしばたけ》

お背戸《せど》の　親《おや》なし
はね釣瓶《つるべ》
海山《うみやま》　千里《せんり》に
風《かぜ》が吹《ふ》く

蜀黍畑も
日が暮《く》れた
鶏《にわとり》　さがしに
往《い》かないか。

作曲・藤井清水《ふじいきよみ》、弘中策《ひろなかつかね》ほか

自然がたっぷりの、かつての農村《のうそん》です。そこに暮《く》らす、素朴《そぼく》なこどもたち。ちょっとさびしげな雰囲気《ふんいき》も、よく捉《とら》えています。雨情《うじょう》の読んで味《あじ》わえる詩の、傑作《けっさく》が生まれたのです。

蜀黍と書く「もろこし」は、「とうもろこし（玉蜀黍）」とは違《ちが》うのですが、「もろこし」のことを「とうきび」ともいい、「とうきび」は「とうもろこし」の別名《べつめい》でもあるのです。雨情はてっぺんに穂《ほ》が出て実《み》になる、蜀黍《もろこし》を見ていたのでしょうか。はねつるべの井戸《いど》を、親無《おやな》しの子に見立てるなんて、雨情は悲《かな》しい身の上に同情《どうじょう》しているのでしょうか。自分が親無しだったわけではありません。

片親《かたおや》　ない子は
門《かど》で泣く
双親《ふたおや》　ない子は
背戸《せど》で泣く

「山の狐《きつね》」の第《だい》一節《せつ》

おいらが母《かか》さん　なぜ死《し》んだ
おいらにだまって　なぜ死んだ
草端《くさば》の蔭《かげ》から
柿《かき》　おくれ。

「柿《かき》」の最終《さいしゅう》第四節

雨降《あめふ》りお月さん
暈《かさ》くだされ
傘《からかさ》　さしたい
死《し》んだ母《かか》さん　後母《あとかか》さん

「時雨唄《しぐれうた》」の第一節

というような、詩も書いています。

作曲は、大正十一年十一月に藤井清水《ふじいきよみ》、その他《た》弘中策《ひろなかつかね》、伊藤英一《いとうえいいち》、渡辺浦人《わたなべうらと》、金田一春彦《きんだいちはるひこ》などが曲を付けています。

『金の船』の野口雨情《のぐちうじょう》

大正《たいしょう》九年六月に、雨情は水戸《みと》から東京にでました。「金の船社」の斎藤佐次郎《さいとうさじろう》がよんでくれたのです。『金の船』の編集員《へんしゅういん》として入社《にゅうしゃ》したのです。雨情の童謡《どうよう》はひょうばんがよくて、読者から募集《ぼしゅう》している童謡の選者《せんじゃ》にもなっていました。

さいしょは雨情ひとりだけで、田端駅《たばたえき》近くの斎藤の家に置《お》いてもらいました。そこがいまの『金の船』編集所《へんしゅうじょ》（田端三五一番地（いまの北区《きたく》））なのです。

いっしょに暮《く》らした斎藤の回想《かいそう》によると、雨情の指先《ゆびさき》はいつも黄色くなっていたそうです。タバコをよく吸《す》うからなのです。火鉢《ひばち》が吸《す》いがらでいっぱいになったそうです。お酒《さけ》も飲《の》みました。

七月十四日、早稲田《わせだ》つながりの窪田空穂《くぼたうつぼ》（歌人《かじん》）、小川未明《おがわみめい》（童話作家《どうわさっか》）、西条八十《さいじょうやそ》らが、雨情の中央復帰歓迎会《ちゅうおうふっきかんげいかい》を、日本橋末広《にほんばしすえひろ》でひらいてくれました。

まもなく妻子《さいし》も、水戸《みと》からよんでくれました。前年《ぜんねん》の九月に、雨情の三女《さんじょ》・香穂子《かほこ》が生まれていました。つる夫人《ふじん》にとってはさいしょの子です。

斎藤《さいとう》が大塚駅《おおつかえき》の近くに持っていた借家《しゃくや》（西巣鴨町折戸《にしすがもまちおりと》（いまの豊島区《としまく》））を、かしてくれました。月給《げっきゅう》も、帝大《ていだい》（東京大学）出《で》の学士《がくし》でも二十五円くらいという時代に、八十円もくれました。

雨情は折戸《おりと》から田端の編集所《へんしゅうじょ》へ通《かよ》いました。

朝の十時すぎに出社《しゅっしゃ》して、雑誌《ざっし》の校正《こうせい》をしたり、知り合いの作家に原稿《げんこう》をたのんだり、募集《ぼしゅう》した童謡の選《せん》をしたり……。

そして、広告を取りにいったりもしました。

「白木屋《しろきや》（日本橋《にほんばし》にあったデパート）と松坂屋《まつざかや》を取ってくるとは、さすがは雨情さんだ。」と、斎藤がびっくりしました。水戸で雑誌『茨城《いばらき》少年』にかかわっていたのが、役立《やくだ》ったようです。

夕方は、ふつうの会社員よりも早く退社《たいしゃ》します。和服《わふく》のふところには、詩を書きかけた原稿用紙《げんこうようし》が入っていました。

『金の船』の、大正《たいしょう》九年九月号に、雨情独特《うじょうどくとく》のさびしい身の上の童謡がのりました。本居長世《もとおりながよ》の作曲譜《さっきょくふ》付きで、雑誌にのったときの題《だい》は、「十五夜《じゅうごや》お月《つき》」でした。

十五夜お月さん

十五夜お月さん
御機嫌《ごきげん》さん
婆《ばあ》やは　お暇《いとま》　とりました

十五夜お月さん
妹《いもうと》は
田舎《いなか》へ　貰《も》られて　ゆきました

十五夜お月さん

母《かか》さんに
も一度《いちど》　わたしは　逢《あ》いたいな。

作曲・本居長世

第《だい》一節《せつ》は身の上ではなく、婆やが実家《じっか》のつごうや病気《びょうき》などで、婆やをやめて家からいなくなったのかもしれませんが、雨情の野口家《のぐちけ》のように家運《かうん》がかたむいて、婆やにひまを出したのかもしれません。そうだとすれば、身の上になります。

第二節の妹は、知らない家へ里子《さとご》（よその家にあずけてやしなってもらう子）に出されたのでしょうか。

「貰《も》られて」は、雨情独特の舌足《したた》らずの言い方です。正しい日本語としては、「貰《もら》われて」です。

第三節の母さんは、死んでしまったのでしょうか。離婚《りこん》して実家《じっか》に帰ったのでしょうか。

大正九年十一月二十七日、有楽座《ゆうらくざ》での大人向《おとなむ》けの音楽会で、「十五夜お月さん」がうたわれることになりました。雨情《うじょう》と斎藤《さいとう》はもちろん、かけつけました。本居長世《もとおりながよ》が指揮《しき》するオーケストラのばんそうで、八歳《さい》の少女がじょうずにうたいました。長世の長女《ちょうじょ》、みどりです。

聴衆《ちょうしゅう》は大よろこびでした。これにも万雷《ばんらい》の拍手《はくしゅ》です。アンコールがかかって、長世は今度は、「四丁目《ちょうめ》の犬《いぬ》」をうたわせました。

日本で初《はじ》めて、少女童謡《しょうじょどうよう》歌手《かしゅ》が誕生《たんじょう》したのでした。

本居長世はその後《ご》、本居三姉妹《さんしまい》（みどり・貴美子《きみこ》・若葉《わかば》（少し後《あと》））をつれて、全国童謡《ぜんこくどうよう》音楽行脚《おんがくあんぎゃ》の旅《たび》をしました。雨情の童謡もたくさんうたってくれて、広めてくれました。講《こう》演《えん》をするために、雨情が加わることもありました。

大正《たいしょう》十（一九二一）年二月に、民謡集《みんようしゅう》『別後《べつご》』を、尚文堂《しょうぶんどう》から出版《しゅっぱん》しました。三月に、「船頭小唄《せんどうこうた》」（野口雨情作詩《さくし》・中山晋平作曲《なかやましんぺいさっきょく》）の楽譜《がくふ》が出版されました。

二年前の八月に中山晋平にあずけた「枯《か》れすすき」が、日の目を見たのです。ただし、晋平の作曲の都合《つごう》で歌詞《かし》が少し変《か》わり、題《だい》も変わりました。

これは童謡ではなく、歌謡曲《かようきょく》です。

船頭小唄《せんどうこうた》

おれは河原《かわら》の　枯《か》れすすき
同じお前も　枯れすすき
どうせ二人は　この世では
花の咲《さ》かない　枯れすすき

死ぬも生きるも　ねえお前《まえ》
水の流れに　なに変《か》わろ
おれもお前も　利根川《とねがわ》の
船《ふね》の船頭で　暮《く》らそうよ

枯れた真菰《まこも》に　照《て》らしてる
潮来出島《いたこでじま》の　お月さん
わたしゃこれから　利根川《とねがわ》の
船の船頭《せんどう》で　暮らすのよ

作曲・中山晋平《なかやましんぺい》

利根川下流《かりゅう》の、水郷潮来《すいごういたこ》が舞台《ぶたい》です。

新しくむかえた妻《つま》つるに、これから二人でがんばって生きていこうよと、よびかけているようです。それなのに、なんという暗《くら》さでしょう。自分は再出発《さいしゅっぱつ》で枯《か》れすすきだとしても、妻《つま》は新しい出発なのです。枯れすすきではかわいそうです。

でもその暗さ、やりきれなさが、よかったのでしょうか。翌《よく》十一年には、全国に広まりました。演歌師《えんかし》が好《この》んでうたったのです。

さらに翌《よく》十二年一月には、この歌を主題歌《しゅだいか》に、松竹映画《しょうちくえいが》『船頭小唄《せんどうこうた》』が封切《ふうき》られました。

当時《とうじ》の映画《えいが》は、活動写真《かつどうしゃしん》とよばれた、サイレント（無声《むせい》）映画《えいが》でした。もちろんモノク

ロ（白黒《しろくろ》）です。動く映像《えいぞう》だけで、声や音が出ないのです。その代わり、活動弁士《かつどうべんし》がいて、「せりふ」をしゃべったり、解説《かいせつ》をしてくれたりします。

この映画《えいが》のばあい、主演女優《しゅえんじょゆう》栗島《くりしま》すみ子が「船頭小唄」をうたう場面《ばめん》では、やとわれた歌手《かしゅ》がスクリーンのかたわらで、栗島の口の動きに合わせて実際《じっさい》にうたったのでした。

栗島はまだ「船頭小唄」の歌をおぼえてなくて、撮影《さつえい》のときは「荒城《こうじょう》の月《つき》」（春高楼《はるこうろう》の花《はな》の宴《えん》……）をうたったそうです。なにぶん無声映画《むせいえいが》ですから、いくらでもごまかせます。

映画が大ヒットして、栗島すみ子の吹《ふ》き込

んだレコードが、六月に発売されました。

レコードも十万枚以上《まいいじょう》売れて、「船頭小唄」は空前《くうぜん》の大ヒット曲《きょく》となったのでした。

大正《たいしょう》十年六月に、第一童謡《どうよう》集『十五夜《じゅうごや》お月さん』を、尚文堂《しょうぶんどう》から出版《しゅっぱん》しました。『金の船』七月号に、かわいらしいカラスの子の童謡がのりました。本居長世《もとおりながよ》の作曲譜《さっきょくふ》付《つ》きでした。

七《なな》つの子

烏《からす》　なぜ啼《な》くの
烏は山に
可愛《かわい》七つの
子があるからよ

可愛　可愛と
烏は啼くの
可愛可愛と
啼くんだよ

山の古巣《ふるす》に
いって見て御覧《ごらん》
丸《まる》い眼《め》をした
いい子だよ

作曲・本居長世《もとおりながよ》

雨情童謡《うじょうどうよう》のなかでも、よくうたわれている歌です。そして、物議《ぶつぎ》をかもす歌でもあるのです。

「七つ」は、七歳《さい》でしょうか、七羽《わ》でしょうか。「カラスはそんなにたくさん卵《たまご》を産《う》まないから、七歳なんだろう。」という人もいます。

でも、生まれたカラスが、七年も巣《す》の中にいるでしょうか。生まれて七年のカラスって、かなりの年ではないでしょうか。やはり、七羽ととるしかないでしょう。雑誌《ざっし》にのったときの岡本帰一《おかもときいち》のさし絵《え》にも、かわいい七羽《わ》の子《こ》ガラスが描《えが》かれています。

なお、この「七つの子」の原型《げんけい》ともいえる詩が、明治《めいじ》四十年に出した『朝花夜花《あさばなよばな》』の第二編《へん》にありました。

山がらす

烏《からす》なぜ啼《な》く
烏は山に
可愛《かわい》七《なな》つの
子があれば

民謡《みんよう》として書いたのでしょう。それが十四年後《ご》に、童謡《どうよう》に生まれ変わったのです。

この頃《ころ》、雨情《うじょう》をしたう童謡作者《さくしゃ》の会が、東京、大阪《おおさか》、仙台《せんだい》などで結成《けっせい》されていました。この年、西巣鴨町宮仲《にしすがもまちみやなか》二一四二番地（いまの豊島区《としまく》）にうつりました。やはり斎藤《さいとう》の借家《しゃくや》でしたが、いくぶん良いのでした。

童謡《どうよう》「赤《あか》い靴《くつ》」

雑誌『小学女生《しょうがくじょせい》』の、大正十年十二月号に、〝赤い靴の少女〟をうたった童謡がのりました。本居長世《もとおりながよ》の曲が付いたのは、翌《よく》十一年八月です。

赤い靴《くつ》

赤い靴　はいてた
女の子
異人《いじん》さんに　つれられて

行っちゃった

横浜《よこはま》の　埠頭《はとば》から
船に乗って
異人《いじん》さんに　つれられて
行っちゃった

今《いま》では　青い目に
なっちゃって
異人さんのお国《くに》に
いるんだろう

赤い靴《くつ》　見るたび
考える

異人さんに逢《あ》うたび

考える

作曲・本居長世《もとおりながよ》

雨情《うじょう》はもう何度か、横浜港《よこはまこう》から船に乗ったり、横浜港で下りたりしていたはずです。ただそれは、国内航路《こくないこうろ》でした。のちに朝鮮《ちょうせん》、満州《まんしゅう》、蒙古《もうこ》、台湾《たいわん》などの外地《がいち》へ行きますが、大正《たいしょう》十五年九月に満州《まんしゅう》へ行ったときは、横浜港出発だったことがわかっています。

青い目の異人さんの国へつれられていく船旅《ふなたび》は、小さい女の子にとって、どれほど悲愴《ひそう》（悲しくていたましいさま）で不安なものだったでしょう。ハイカラなイメージの横浜だけど、あこがれなんて甘美《かんび》な要素《ようそ》は、みじんもありません。

ただ、作者の雨情は「かわいそうだ」とかいう感情語《かんじょうご》をさけて、さらりと事柄《ことがら》だけを書いてあります。こういう別れをしたことがあれば、子どもでも大人《おとな》でも涙《なみだ》ぐんでしまいます。

今では青い目になっちゃって――という、子どもらしい非科学的《ひかがくてき》な認識《にんしき》が、わずかに救《すく》いになっているかもしれません。

外国航路《がいこくこうろ》の港《みなと》である横浜港《よこはまこう》の、異国《いこく》じょうちょのハイカラな感じが、よくとらえられているともいえます。

ところで、童謡《どうよう》「赤い靴《くつ》」に、モデルになった女の子がいたというのです。雨情《うじょう》が北海道札幌《さっぽろ》の北鳴新報社《ほくめいしんぽうしゃ》にいたときに、本州《ほんしゅう》から渡《わた》ってきて開拓農場《かいたくのうじょう》で働《はたら》いていたという、同社《どうしゃ》の記者鈴木志郎《きしゃすずきしろう》夫妻《ふさい》から聞いた身《み》の上話《うえばなし》だというのです。

鈴木と妻《つま》かよが結婚《けっこん》するとき、かよはつれていた三歳《さい》の女の子（きみちゃん）を、アメリカ人宣教師《じんせんきょうし》チャールズ・ヒューエット夫妻《ふさい》の養女《ようじょ》にしたというのです。その子は宣教師《せんきょうし》夫妻《ふさい》と共《とも》に、もうアメリカへ旅立《たびだ》っただろうというのです。

雨情がこの話を聞いたとすれば、知っていたのはここまでです。きみちゃんはアメリカへは行ってなくて、東京麻布十番《あざぶじゅうばん》（港区《みなとく》）の鳥居坂教会孤児院《とりいざかきょうかいこじいん》で、結核《けっかく》のため九歳で亡《な》くなったそうです。

横浜山下公園《よこはまやましたこうえん》の「赤い靴の少女の像《ぞう》」（一九七九年）のほかに、次《つぎ》のような「きみちゃんの像」が建《た》てられています。

・静岡県日本平《しずおかけんにほんだいら》「母子像《ぼしぞう》」（一九八六年）　※きみちゃんの生まれ故郷《こきょう》

・東京都港《みなと》区《く》麻布《あざぶ》十番《じゅうばん》パティオ十番「きみちゃん像」（一九八九年）
・北海道虻田《あぶた》郡《ぐん》留寿都《るすつ》村《むら》北公園内《きたこうえんない》「母思《ぼし》像」（一九九一年）
・北海道小樽市《おたるし》運河《うんが》公園内《こうえんない》「赤い靴　親子《おやこ》の像」（二〇〇七年）
・北海道函館市《はこだてし》「きみちゃん像」（二〇〇九年）

ただし雨情自身《じしん》は、モデルについては、何も言っていません。

『金の船』の大正《たいしょう》十年十二月号に、「青い眼《め》の人形《にんぎょう》」が、本居長世《もとおりながよ》の作曲譜《さっきょくふ》付《つ》きでのりました。雑誌《ざっし》発表のときは、「青い眼」ではなく、「青い目《め》」になっていました。

青い眼の人形

青い眼をした
お人形は
アメリカ生れの

セルロイド
日本《にほん》の港《みなと》へ
ついたとき
一杯《いっぱい》涙《なみだ》を
うかべてた

「わたしは言葉《ことば》が
わからない
迷子《まいご》になったら
なんとしょう」

やさしい日本の
嬢《じょう》ちゃんよ

仲《なか》よく遊《あそ》んで
やっとくれ

作曲・本居長世《もとおりながよ》

「赤い靴《くつ》」の女の子とはぎゃくに、黒い目の異人《いじん》さんの国へやってきた、アメリカ製《せい》のセルロイドのお人形《にんぎょう》です。ずいぶんと心細《こころぼそ》かったでしょう。いなかのおじさんのように思われがちの雨情《うじょう》ですが、都会的《とかいてき》なしゃれた歌です。題材《だいざい》も、時代の最先端《さいせんたん》の人形です。

アメリカから日本に贈《おく》られた、〃人形使節《しせつ》〃の人形をうたったのではないかと勘違《かんちが》いされますが、それより前に作られた詩なのです。

〃人形使節〃というのは、アメリカの宣教師《せんきょうし》シドニー・ギューリック氏《し》が国内によびかけて、一二七三九体のアメリカ人形を集め、一九二七（昭和《しょうわ》二）年一月に、日米友好《にちべいゆうこう》の使《し》者《しゃ》として、寄贈《きぞう》してくれたのです。

雨情がうたった人形は、明治四十二（一九〇九）年にアメリカで生まれた、キューピーではないかともいわれます。セルロイド製《せい》だからです。

ただキューピーは、頭の先がとがっていて裸《はだか》です。（さいきんは、服《ふく》を着《き》せたりもしていますが）

岡本帰一《おかもときいち》のさし絵《え》には、着物《きもの》を着た日本の少女、クマのぬいぐるみ、着物を着た女の子の人形、そして外国風《がいこくふう》の人形《にんぎょう》が描《えが》かれています。外国風の人形はキューピーではなく、かみの毛《け》があり服《ふく》も着ています。

雑誌《ざっし》『少女号《しょうじょごう》』の、大正《たいしょう》十一（一九二二）年四月号に、明るい春の歌が、草川信《くさかわしん》の作曲《さっきょく》譜《ふ》付《つ》きでのりました。

春のうた

桜《さくら》の花の咲《さ》く頃《ころ》は
うらら　うららと　日はうらら
がらすの窓《まど》さえ　みなうらら

学校《がっこう》の庭《にわ》さえ　みなうらら
河原《かわら》でひばりの鳴《な》く頃は
うらら　うららと　日はうらら
乳牛舎《ちちや》の牛《うし》さえ　みなうらら
鶏舎《とりや》の鶏《とり》さえ　みなうらら

畑《はたけ》に菜種《なたね》の咲く頃は
うらら　うららと　日はうらら
渚《なぎさ》の砂《すな》さえ　みなうらら
どなたの顔《かお》さえ　みなうらら

作曲・草川《くさかわ》　信《しん》

仏教児童雑誌《ぶっきょうじどうざっし》『金《きん》の塔《とう》』の、大正十一年七月号に、中山晋平《なかやましんぺい》の作曲譜付《さっきょくふつ》きでゆかいな詩を発表しました。

黄金虫《こがねむし》

黄金虫は、金持《かねも》ちだ。
金蔵《かねぐら》建《た》てた、蔵《くら》建てた。
飴屋《あめや》で水飴《みずあめ》、買って来た。

黄金虫は、金持ちだ。
金蔵建てた、蔵建てた。
子供《こども》に水飴、なめさせた。

作曲・中山晋平

黄金虫はコガネムシ科の甲《か》虫《こうちゅう》で、金緑《きんりょく》色《しょく》のかたいからにおおわれています。名前の〝黄金〟にこだわった、ことば遊《あそ》びなのです。〝黄金〟虫なんだから、金持《かねも》ちなんだろう——と思っただけの、むじゃきな空想《くうそう》なのです。遊びなのです。黄金虫の子どもになって、水飴をなめてみたくなります。

同じく『金の塔』の、同年十一月号に、子どもたちの身近《みぢか》な遊《あそ》びをうたった、きれいな詩を発表しました。

しゃぼん玉《だま》

しゃぼん玉、とんだ。
屋根《やね》までとんだ。
屋根までとんで、
こわれて消《き》えた。

しゃぼん玉、消えた。
飛《と》ばずに消えた。

うまれてすぐに、
　こわれて消えた。

風、風、吹《ふ》くな。
　しゃぼん玉、とばそ。
　　　　　　　　　　作曲・中山晋平《なかやましんぺい》

きれいなしゃぼん玉にふさわしく、すみきった詩《し》です。こわれやすいしゃぼん玉のようすが、よく描《えが》かれています。「きれいだ」とはいってなくても、きれいなしゃぼん玉だとわかります。

しゃぼん玉の遊《あそ》びはいまでも人気があります。雨情《うじょう》のしゃぼん玉の歌も、愛唱《あいしょう》されていくでしょう。

ところで、雨情がこの詩を書くとき、北海道の小樽《おたる》で生まれ八日後《ようかご》に亡《な》くなった、長女《ちょうじょ》みどりのことを思い浮《う》かべていたと、いわれているのです。

「飛《と》ばずに消《き》えた。」「うまれてすぐに、こわれて消えた。」など、短《みじか》いいのちだった娘《むすめ》さ

んと重《かさ》なってもきます。これは、雨情自身《うじょうじしん》が話していたそうです。でも、知《し》らなかったことにして、しゃぼん玉を楽《たの》しんでいいのです、童謡《どうよう》ですから。なお、中山晋平《なかやましんぺい》の曲《きょく》は、翌大正《よくたいしょう》十二年一月に発表されました。

大正十一年の雨情（四十歳《さい》）は、『金の船』（六月号から『金の星《ほし》』）『コドモノクニ』『児童《じどう》の心《こころ》』『東京日日新聞《とうきょうにちにちしんぶん》』『小学《しょうがく》男生《だんせい》』『おてんとさん』『主婦之友《しゅふのとも》』『婦人之友《ふじんのとも》』『童謡《どうよう》』『少年少女談話界《だんわかい》』『少年倶楽部《くらぶ》』『世帯《せたい》』『宝《たから》の山』『童話《どうわ》』『少女の国』『樫《かし》の実《み》』など、十六の雑誌《ざっし》や新聞に詩を発表しました。

このころの雨情は人気絶頂《にんきぜっちょう》で、講演《こうえん》いらいが相次《あいつ》ぎ、全国各地《ぜんこくかくち》に出かけていました。服装《ふくそう》は、和服《わふく》に袴《はかま》をつけていたり、黒の詰《つ》め襟姿《えりすがた》だったりしました。

大正十二（一九二三）年二月、雨情作詩《うじょうさくし》・中山晋平作曲《なかやましんぺいさっきょく》の歌謡曲《かようきょく》「旅人《たびびと》の唄《うた》」が発表されました。当時《とうじ》の大人《おとな》たちに愛唱《あいしょう》されました。

旅人《たびびと》の唄《うた》

山は高いし　野《の》はただひろし
ひとりとぼとぼ　旅路《たびじ》の長さ
乾《かわ》くひまなく　涙《なみだ》は落《お》ちて
恋《こい》しきものは　故郷《こきょう》の空よ
今日《きょう》も夕日の　落ちゆく先《さき》は
どこの国やら　果《はて》さえ知《し》れず
水の流《なが》れよ　浮寝《うきね》の鳥《とり》よ
遠《とお》い故郷《こきょう》の　恋《こい》しき空よ

明日《あす》も夕日の　落ちゆく先は
どこの国かよ　果《はて》さえ知れず

作曲・中山晋平《なかやましんぺい》

大正《たいしょう》十二年五月、満鉄《まんてつ》（南満州鉄道《みなみまんしゅうてつどう》）のしょうたいで、満州各地《まんしゅうかくち》を講演《こうえん》して回《まわ》りました。

関東大震災《かんとうだいしんさい》

大正十二年八月三十一日夜から雨情《うじょう》は、作曲家中山晋平・歌手佐藤千夜子《かしゅさとうちやこ》と共《とも》に、汽車《きしゃ》で新潟《にいがた》へ向かいました。

佐渡教育会《さどきょういくかい》からたのまれて、佐渡で童謡《どうよう》と音楽の講習会《こうしゅうかい》をひらくのです。四十一歳《さい》の「童謡の小父《おじ》さん」雨情が講演《こうえん》をし、佐藤千夜子がうたい、晋平が歌唱指導《かしょうしどう》をします。

新潟についたのは、九月一日の午前十時頃《ごろ》でした。船を待っていた十二時前に、かなり長い地震《じしん》が二回ありました。

間もなく汽船に乗《の》って、日本海《にほんかい》の荒海《あらうみ》をわたりました。両津港《りょうつこう》についたのは、午後七時半頃《はんごろ》でした。

翌《よく》二日の午後に、ようやくニュースが伝《つた》わりました。

一日の昼《ひる》ごろ関東で大地震《おおじしん》がおきて、東京がたいへんなことになっているというのです。

当時《とうじ》、ラジオはまだなかったのです。電話《でんわ》と新聞はありましたが、通信網《つうしんもう》が混乱《こんらん》していたのです。

「関東大震災」とよんでいる、相模湾《さがみわん》（神奈川県《かながわけん》）沖《おき》を震源《しんげん》とした、マグニチュード7・9の大地震で、首都《しゅと》東京だけでなく、神奈川県、静岡県東部《しずおかけんとうぶ》、千葉県《ちばけん》、茨城県《いばらきけん》などに、被害《ひがい》がおよびました。

死者《ししゃ》・行方不明者《ゆくえふめいしゃ》十四万人、家屋《かおく》の全半壊《ぜんはんかい》二十五万棟《むね》、焼失《しょうしつ》四十四万棟《むね》。ちょうど昼どきで、どこでも火を使っていたため、火災《かさい》の被害《ひがい》が大きかったのです。浅草の名物タワー、十二階《かい》（凌雲閣《りょううんかく》）もくずれ落ちました。

気をもみながらも役目《やくめ》をはたし、佐渡《さど》をはなれたのが、四日朝でした。

とちゅう長野駅前《ながのえきまえ》で、各自《かくじ》三日分の食料《しょくりょう》を買いこみ、被災地《ひさいち》東京へ向かいました。

ところが、大宮《おおみや》（埼玉県《さいたまけん》）から先は、汽車がとめられていました。しかたなく、線路《せんろ》づたいに歩いたのでした。

「千夜子《ちやこ》さんはなかなか、たくましいでやんすねえ。」

「いやですよ、先生。」

と、ぶつまねをした千夜子でしたが、女性《じょせい》にしては大柄《おおがら》で、重《おも》い荷物《にもつ》も歩くことも苦《く》にしないのでした。山形県天童《やまがたけんてんどう》の出身《しゅっしん》です。

中山は長野県の農家《のうか》の生まれだし、雨情だって茨城《いばらき》で林業《りんぎょう》・農業《のうぎょう》をやっていたのです。

当時の人はいまよりもずっと、歩くことになれていたともいえます。

やっとたどりついた東京は、ひどい状態《じょうたい》でした。それでも、雨情《うじょう》も晋平《しんぺい》も、幸《さいわ》い家族《かぞく》はぶじでした。千夜子は独身《どくしん》でした。そして、『金《きん》の星《ほし》』（前年《ぜんねん》五月号《ごう》までは『金《きん》の船《ふね》』）の斎《さい》藤佐次郎《とうさじろう》も発行所《はっこうしょ》もぶじでした。ただ、中野《なかの》に新築《しんちく》したばかりだった晋平《しんぺい》の家は、屋根《やね》がわらが十数枚《すうまい》はがれ落ち、アップライトピアノが外《そと》かべを突《つ》き破《やぶ》り、三十センチほどとび出していました。

「『船頭小唄《せんどうこうた》』なんて暗《くら》い歌がはやるから、こんな災害《さいがい》がおきるんだ。」

などという人もいました。

この年の十二月、焼《や》け野原《のはら》の中にのこった帝国《ていこく》ホテルで、野口雨情《のぐちうじょう》作詩《さくし》・中山晋平《なかやましんぺい》作曲《さっきょく》「須坂小唄《すざかこうた》」の発表会《はっぴょうかい》をひらきました。

まだ復興《ふっこう》もすすまない中、たくさんのお客《きゃく》がきてくれました。

ピアノ伴奏《ばんそう》は晋平、歌は佐藤千夜子、舞踊《ぶよう》は藤間静枝社中《ふじましずえしゃちゅう》でした。

晋平作曲の童謡《どうよう》も数曲《すうきょく》うたわれましたが、メインはもちろん「須坂小唄」でした。

長野県須坂町《まち》（晋平の故郷《こきょう》中野町《なかのまち》の近くの町）の製糸工場《せいしこうじょう》からたのまれた、女工《じょこう》さんたちのための工場歌《こうじょうか》だったのですが、たいへん好評《こうひょう》で、新民謡《しんみんよう》（創作民謡《そうさくみんよう》）として全国に広まっていきました。

6

もうしばらく童謡《どうよう》詩人《しじん》

踊《おど》れる童謡《どうよう》

大正《たいしょう》十三（一九二四）年、絵雑誌《えざっし》『コドモノクニ』一月号に、「あの町この町」がのりました。

あの町この町

あの町　この町、
日が暮《く》れる　日が暮れる。
今《いま》きたこの道、
かえりゃんせ　かえりゃんせ。

お家《うち》が　だんだん、

遠《とお》くなる　遠くなる。
今きたこの道、
かえりゃんせ　かえりゃんせ。

お空に　ゆうべの、
星《ほし》が出る　星が出る。
今きたこの道、
かえりゃんせ　かえりゃんせ。

作曲・中山晋平

「かえりゃんせ」（かえりなさいな）は、だれかに声をかけているのでしょうが、自分に言っているようにも受け取れます。わらべうたの「通《とお》りゃんせ」という言い方をまねたのでしょう。

第《だい》三節《せつ》の一行目《ぎょうめ》、さいしょは「お空の夕《ゆうべ》の」だったのですが、中山が作曲するときにいまのように変《か》えたのでした。こちらの方が、わかりやすいでしょう。

広く親しまれた童謡ですが、晋平《しんぺい》が亡《な》くなるとき、この歌をうたいながら息《いき》をひきとったそうです。

一月、民謡集《みんようしゅう》『極楽《ごくらく》とんぼ』を、黒潮社《くろしおしゃ》から出版《しゅっぱん》しました。
四月、朝鮮《ちょうせん》へ講演旅行《こうえんりょこう》に行きました。
『コドモノクニ』五月号に、雨情《うじょう》おじさんのむじゃきにはずんだ詩がのりました。

兎《うさぎ》のダンス

ソソラ　ソラ　ソラ　兎のダンス
タラッタ　ラッタ　ラッタ　ラッタ
ラッタ　ラッタ　ラッタ　ラ
脚《あし》で　蹴《け》り蹴り

ピョッコ　ピョッコ　踊《おど》る
耳《みみ》に鉢巻《はちまき》　ラッタ　ラッタ　ラッタ　ラ

ソソラ　ソラ　ソラ　可愛《かわい》いダンス
タラッタ　ラッタ　ラッタ
ラッタ　ラッタ　ラッタ　ラ

とんで　跳《は》ね跳ね
ピョッコ　ピョッコ　踊る
脚《あし》に赤靴《あかぐつ》　ラッタ　ラッタ　ラッタ　ラ

作曲・中山晋平

中山晋平《なかやましんぺい》の作曲譜《さっきょくふ》が発表されたのは、大《たい》正《しょう》十五（一九二六）年（十二月二十五日に昭和と改元《かいげん》）四月でした。

児童舞踊家《じどうぶようか》によって振《ふ》り付《つ》けがされ、子どもたちが楽《たの》しく踊りました。

新民謡《しんみんよう》「波浮《はぶ》の港《みなと》」

雑誌《ざっし》『婦人世界《ふじんせかい》』六月号《ごう》に、「波浮の港」がのりました。新民謡です。ただし、雑誌にのったのは第二節《せつ》までです。あとの三節はまだなかったのです。この時点《じてん》で中山晋平《なかやましんぺい》の曲《きょく》が付《つ》いていました。そして、〝われらがテナー〟藤原義江《ふじわらよしえ》がステージでうたったりしていたのです。

波浮《はぶ》の港《みなと》

磯《いそ》の鵜《う》の鳥《とり》や　日暮《ひぐ》れにゃ帰る
波浮の港にゃ　夕焼《ゆうや》け小焼《こ》け

明日《あす》の日和《ひより》は
　ヤレホンニサなぎるやら
船もせかれりゃ　出船《でふね》の仕度《したく》
島の娘《むすめ》たちゃ　御神火《ごじんか》暮《ぐ》らし
なじょな心で
　ヤレホンニサいるのやら

島で暮《くら》すにゃ　乏《とぼ》しゅうてならぬ
伊豆《いず》の伊東《いとう》とは　郵便《ゆうびん》だより
下田《しもだ》港とは
　ヤレホンニサ風だより
風は汐風《しおかぜ》　御神火おろし

島の娘たちゃ　出船の時にゃ
船のとも綱《づな》
　ヤレホンニサ泣《な》いて解《と》く

磯《いそ》の鵜《う》の鳥《とり》ゃ　沖《おき》から磯《いそ》へ
泣《な》いて送《おく》らにゃ　出船《でふね》もにぶる
明日《あす》も日和《ひより》で
　ヤレホンニサなぎるやら

作曲・中山晋平《なかやましんぺい》

新民謡《しんみんよう》や校歌《こうか》を作るときはふつう、詩人《しじん》と作曲家《さっきょくか》が現地《げんち》に行って取材《しゅざい》をするのですが、この「波浮の港《はぶみなと》」は、当地《とうち》からいらいを受けたわけではなかったのです。『婦人世界《ふじんせかい》』の記者《きしゃ》から、「この写真《しゃしん》を雑誌《ざっし》にのせたいのですが、これにそえる詩を書いていただけませんか。」とたのまれたのです。それが、波浮港の風景写真《ふうけいしゃしん》だったのです。（じっさいに雑誌《ざっし》にのったのは、詩に合わせて画家《がか》のえがいた口絵《くちえ》でした）

「波浮港」というのは、伊豆大島の最南端にある漁港らしい。

雨情《うじょう》は故郷《こきょう》磯原《いそはら》の北にある平潟漁港《ひらかたぎょこう》（北茨城市《きたいばらきし》の北端《ほくたん》で、福島県《ふくしまけん》との境《さかい》）を、思い浮《う》かべました。

（磯原や平潟の海岸《かいがん》には、鵜（鵜飼《うか》いに使われる首《くび》の長い黒い鳥）がたくさんいたなあ。いまでもいます。）

（平潟は東海岸《ひがしかいがん》だから夕焼《ゆうや》けはしないけど、波浮は南端だから大丈夫《だいじょうぶ》だろうなあ。）

（島にも、娘《むすめ》さんはいるだろうなあ。）

大島《おおしま》では娘さんや女の人を「あんこ」とよぶことを、雨情は知らなかったのです。

大島はまだ、椿《つばき》の島ではなかったのです。

白いけむりが立ちのぼる、火山《かざん》の三原山《みはらやま》はありました。島の人たちはその火を、「御神《ごじん》火《か》」とよんでいました。「ごじんか」と耳で聞いた雨情は、三原山のことと気づかないで、雑誌発表のとき「御陣家」と書いてしまいます。

現地を見なかった「ぼろ」が、あちこちに出てしまいました。

波浮（大島）には、鵜はいないというのです。波浮は西に山があって、東に向いてる港で、夕焼けはないというのです。南端ではなく、南東端《なんとうたん》だったのです。

「失敗《しっぱい》でやんした。」

と、雨情《うじょう》は頭をかきました。

晋平《しんぺい》も現地には行っていません。

歌詞《かし》の中の「ヤレホンニサ」というはやし言葉は、晋平が入れました。

昭和《しょうわ》二（一九二七）年九月に創立《そうりつ》された日本《にほん》ビクターの、「純国内制作盤《じゅんこくないせいさくばん》の第一回発売《はつばい》」に選《えら》ばれた「波浮《はぶ》の港《みなと》」のレコードが、昭和三（一九二八）年四月に発売されました。うたったのは、ビクターに入社《にゅうしゃ》して〝日本の流行歌手《りゅうこうかしゅ》第一号〟となった、佐藤千夜子《さとうちやこ》でした。さらに、本家藤原義江《ほんけふじわらよしえ》のうたったレコード（昭和三年七月。第二節《せつ》まで）も出て、「波浮の港」は全国に広まりました。

何もないさびしい島だった伊豆大島《いずおおしま》がいちやく有名になり、観光客《かんこうきゃく》がやってくるようになりました。

昭和三十六（一九六一）年六月、東海汽船《とうかいきせん》によって波浮港に詩碑《しひ》が建《た》てられました。除幕《じょまく》をしたのは、歌手《かしゅ》藤原義江、作詩者《さくししゃ》野口雨情の未亡人《みぼうじん》つるさん、作曲者《さっきょくしゃ》中山晋平の長男《ちょうなん》

（養子《ようし》）卯郎氏《うろうし》の三人でした。

雨情は昭和二十（一九四五）年一月に亡《な》くなり、晋平は昭和二十七（一九五二）年十二月に世を去っていました。

六月、第二童謡集《どうようしゅう》『青い眼《め》の人形』を、金《きん》の星社《ほししゃ》から出版《しゅっぱん》しました。

七月、『雨情民謡百篇《うじょうみんようひゃっぺん》』を、新潮社《しんちょうしゃ》から出版しました。

童謡「証城寺《しょうじょうじ》の狸囃子《たぬきばやし》」

大正《たいしょう》十三年の秋、四十二歳《さい》の雨情は千葉県木更津町《ちばけんきさらづまち》（いまの木更津市《きさらづし》）へ出かけていきました。

千葉県君津郡《きみつぐん》教育会《きょういくかい》にまねかれて、木更津尋常高等小学校《じんじょうこうとう》（いまの木更津第一小学校）で講演《こうえん》をしたのです。

木更津は徳川家《とくがわけ》から、「上総房州《かずさぼうしゅう》の旅人物資《たびびとぶっし》は専《もっぱ》ら木更津より渡海《とかい》すべし。」という特権《とっけん》を与えられて、江戸湾（いまの東京湾）を「木更津船」が行き来した、ゆいしょある港町なのです。

集まったのは、綴《つづ》り方《かた》（当時の教科《きょうか》の一つで、作文《さくぶん》のこと）に熱心《ねっしん》な訓導《くんどう》（小学校の先生）たちだったので、指導《しどう》の参考《さんこう》になるように、自分が文章や詩を書くときの心構《こころがま》えや、「起承転結《きしょうてんけつ》」などの、表現《ひょうげん》のテクニックを話してあげました。

会が終わって、会食《かいしょく》・懇談《こんだん》の席《せき》で、木更津町長《きさらづちょうちょう》から、

「本日《ほんじつ》は、ご高名《こうめい》な野口先生に、遠路当地《えんろとうち》へおこしいただき、有意義《ゆういぎ》なお話をうかがえて、たいへん光栄《こうえい》です。

つきましては、郷土《きょうど》の子どもたちのために、この木更津にちなんだ童謡《どうよう》を、ぜひ作っていただけますよう、お願《ねが》いをいたします。」

と、ついでのように軽《かる》く、たのまれてしまいました。

「木更津の童謡といわれましても、むずかしいかもしれませんよ。民謡ならいくらでも、地名《ちめい》はいれられますが……。」

と、ためらっていると、

木更津小学校の綴り方主任《しゅにん》だという先生が、

「先生、ついこのあいだの『波浮《はぶ》の港《みなと》』は、すばらしい歌です。あれは民謡《みんよう》ですが、先生は数年前に、『赤い靴《くつ》』を書かれています。横浜《よこはま》の港が舞台《ぶたい》でした。ぜひ私《わたし》たちに、木更津の童謡を、お願いいたします。」

と、町長の援護《えんご》をしました。雨情の作品について、よく知っているのでした。

「そうでやんすか。それでは、なんとかがんばってみましょう。」

せっかくの申《もう》し出《で》を、むげに断《こと》わることもできず、ついつい、ひきうけてしまうのです。

次《つぎ》の日、この綴り方主任の橋本林蔵《はしもとりんぞう》訓導が、木更津の町を案内《あんない》してくれました。

橋本は、「静雨《せいう》」の号《ごう》で、雑誌《ざっし》『かなりや』などに童謡を投稿《とうこう》しているそうです。

雨情は、『かなりや』（内藤鋠策編集《ないとうしんさくへんしゅう》）の民謡欄《らん》の選者《せんじゃ》をつとめていました。

「そうでやんしたか。欄がちがうのでうっかりしました。東京にもどったら、雑誌を読み返してみましょう。」

「ありがとうございます。」

町の南西《なんせい》のほうへ歩いていきました。

「木更津が江戸幕府《えどばくふ》から目をかけられたのには、わけがあります。家康《いえやす》が大坂城《おおさかじょう》を攻《せ》めたときに、木更津の水夫《すいふ》二十四名《めい》が水軍《すいぐん》として、淀川口《よどがわぐち》でかつやくしたからなのです。」

海へ流れこむ手前の矢那川《やながわ》の北岸《ほくがん》に、こぢんまりとした寺が見えてきました。

「あの寺が、浄土真宗《じょうどしんしゅう》の、護念山證誠寺《ごねんざんしょうじょうじ》です。じつは、證誠寺には、『狸囃子《たぬきばやし》』の伝説《でんせつ》があるんです。」

橋本《はしもと》の話によると、昔《むかし》から木更津《きさらづ》に伝誦《でんしょう》されている俚謡《りよう》（民間《みんかん》に伝《つた》えられてきた歌）に、

証誠寺山のペンペコペン
おいらの友達《ともだち》ァドンドコドン

というのが、あるそうです。

「『ペンペコペン』は、和尚《おしょう》のひく三味線《しゃみせん》で、『ドンドコドン』が、狸《たぬき》たちの腹鼓《はらつづみ》のようです。童謡《どうよう》の素材《そざい》になりますかどうか……。」

江戸時代初期《しょき》に開かれた寺で、各地《かくち》の僧《そう》たちが学問《がくもん》をするために集まったり、土地の子どもたちが手習《てなら》いをする寺でもあったそうです。

境内《けいだい》に入ると、古《ふる》ぼけた本堂《ほんどう》がありました。うっそうとした木立《こだち》に包《つつ》まれてはいますが、山などはないのです。

(こんな町なかの寺に、たぬきがやってきたものだろうか。)

雨情《うじょう》には、〝狸たちの腹鼓〟のイメージがふくらまなかったのです。

「橋本《はしもと》さん、ほかに、たぬきのやってきそうな寺はありませんか? どうにも頭の中で、たぬきたちが動いてくれないのです。」

橋本はちょっととまどったようでしたが、

「それなら、少しきょりがありますが、今でもたぬきを見かけるという、山寺《やまでら》へご案内《あんない》しましょう。」

と、言ってくれました。

「かなり歩いていただきますよ。」

ということで、線路《せんろ》をこえて東のほうへ向かいました。

蓮田《はすだ》や稲田《いなだ》のあいだをしばらく行くと、

「あの山が、日本武尊《やまとたけるのみこと》が東征《とうせい》の帰りに登《のぼ》ったという山です。」

と、教えてくれました。

それは、現在《げんざい》の「太田山公園《おおたやまこうえん》」でした。

めざす山寺《やまでら》は、そこから南のほうの山にありました。

本堂《ほんどう》はわらぶき屋根《やね》で、裏《うら》へまわると墓地《ぼち》があり、木立《こだち》がうっそうとしていて、狸《たぬき》がすんでいそうな穴《あな》もいくつかありました。

「ありがたい。たぬきたちが動きはじめたでやんす。」

「それは、ようございます。おつれしたかいがありました。」

東京に帰って、狸たちが腹鼓《はらつづみ》を打つ童謡《どうよう》を、書き上げました。「證城寺《しょうじょうじ》の狸囃《たぬきばやし》」です。（当時は旧字《きゅうじ》の「證《しょう》」（証《しょう》）が使われていました）
ほんとうは、ありありとイメージを浮《う》かばせてくれた、あのわらぶきの山寺の名前にしたかったのですが、あいにく寺の名を思い出せなかったのです。

それは、真言宗豊山派《しんごんしゅうぶざんは》「長楽寺《ちょうらくじ》」でした。

「証誠寺」の「誠《じょう》」が「城《じょう》」に変《か》わっているのは、

「うっかりでやんした。」

ということで、雨情が勘違《かんちが》いをしたのでした。

証城寺の狸囃

証城寺の庭《にわ》は
　月夜《つきよ》だ　月夜だ
友達《ともだち》来い
己等《おいら》の友達ァ
　どんどこどん。

負《ま》けるな　負けるな
　和尚《おしょう》さんに負けるな
友達来い。

証《しょう》　城寺《じょうじ》の萩《はぎ》は
　月夜に　月夜に
花盛《はなざか》り

己等《おいら》の友達《ともだち》ァ
　どんどこどん。

この詩はまず、大正《たいしょう》十三年十月三十一日発行の『きさらづ』第七号に発表され、つづけて同年《どうねん》十一月発行の『金の星』十二月号にも載《の》りました。『金の船』のまちがいではありません。大正十一年の六月号から、雑誌名《ざっしめい》が『金の星』

に変わったのです。同じ斎藤佐次郎《さいとうさじろう》の発行する雑誌です。

さて、有名《ゆうめい》なこの歌なのですが、現在《げんざい》うたわれている歌詞《かし》とは、ちょっと違《ちが》います。

「次号《じごう》に曲譜《きょくふ》をのせたいので、中山さん、作曲をお願いします。」

と、斎藤《さいとう》からたのまれた晋平《しんぺい》でしたが、このままではどうにも曲想《きょくそう》がうかびません。雨情《うじょう》に相談《そうだん》しようと思ったのですが、あいにく東京にいなかったのです。帰りを待っていたのでは、間にあいません。そこで思い切って、自分がうたいたいように、歌詞に手を加《くわ》えたのです。

斎藤も、

「やむをえません。雨情さんも、わかってくださるでしょう。」

と、言ってくれました。

そんないきさつがあって、中山晋平作曲《さっきょく》の楽譜《がくふ》が、翌《よく》十四年の『金の星』一月号にのったのでした。

歌詞は、次のようになっていました。

証城寺《しょうじょうじ》の狸囃子《たぬきばやし》

証《しょう》、証《しょう》、証城寺《しょうじょうじ》
証城寺の庭《にわ》は
ツ、ツ、月夜《つきよ》だ
皆出《みんなで》て来《こ》い来い来い
己等《おいら》の友達《ともだち》ァ
　ぽんぽこぽんのぽん

負《ま》けるな、負けるな
　和尚《おしょう》さんに負けるな
来《こ》い、来い、来い、来い来い来い
皆出て、来い来い来い

証、証、証城寺
証城寺の萩《はぎ》は
ツ、ツ、月夜に花盛《はなざか》り
己等は浮《う》かれて
　ぽんぽこぽんのぽん。

作曲・中山晋平《なかやましんぺい》

あとで斎藤《さいとう》から事情《じじょう》を聞かされた雨情《うじょう》は、

「そうでやんしたか。晋平さんも、なかなかの詩人でやんすねえ。」

と、苦笑《にがわら》いをしました。

中山晋平はすぐれた作曲家《さっきょくか》ですが、自分の作曲の都合《つごう》で、詩をいろいろ勝手《かって》に直《なお》すのでした。


さて、歌にしてもらえた名誉《めいよ》な証誠寺なのですが、そこの住職《じゅうしょく》ははじめのころ、

「寺《てら》に狸《たぬき》はいないし、和尚《おしょう》が三味線《しゃみせん》をひいたり、狸といっしょに踊《おど》ったなどとは、当寺《とうじ》をぶじょくする怪《け》しからん歌だ。」

と、かんかんに怒《おこ》ったそうです。

ところが、ビクターからレコードが発売されて、歌が全国に広まり、

「ここが、あの狸ばやしの歌の、証誠寺《しょうじょうじ》なんですね。」

と、人がたずねてくるようになると、ガラッと態度《たいど》が変わりました。

境内《けいだい》には萩《はぎ》が植《う》えられ、土産物屋《みやげものや》が入って、狸まんじゅうや狸せんべいが売られるようになりました。

昭和《しょうわ》四（一九二九）年に、「狸塚《づか》」が建《た》てられました。狸の体形《たいけい》に似《に》た石に、「狸」の文《も》字《じ》が彫《ほ》られています。

雨情《うじょう》は昭和二十（一九四五）年一月に亡《な》くなりましたが、この碑《ひ》のそばに立った写真《しゃしん》を遺《のこ》しています。

そして、雨情、中山晋平《なかやましんぺい》（昭和二十七年没《ぼつ》）共《とも》に世にない昭和三十一（一九五六）年十一月、境内《けいだい》に「狸ばやし童謡碑《どうよう》」が建てられました。歌詞《かし》も楽譜《がくふ》も一部分《いちぶぶん》ですが、作者の

狸

直筆《じきひつ》です。

除幕式《じょまくしき》には、雨情《うじょう》のつる未亡人《みぼうじん》、晋平《しんぺい》の喜代三《きよぞう》未亡人《みぼうじん》が出席《しゅっせき》しました。


大正《たいしょう》十四（一九二五）年――。

雨情一家《いっか》は、北多摩郡《きたたまぐん》武蔵野村《むさしのむら》吉祥寺《きちじょうじ》七八七番地（いまの武蔵野市《むさしのし》吉祥寺《きちじょうじ》北町《きたまち》）に住んでいました。土地を買い家を建《た》てて、前の年の三月にひっこしたのです。東京にはじめて持った自分の家でした。雨情は小屋《こや》のような書斎《しょさい》を、「童心居《どうしんきょ》」と名付《なづ》けました。家の前の道を、「山都小路《やまとこうじ》」とよびました。

『コドモノクニ』正月増刊号《ぞうかんごう》に、「雨降《あめふ》りお月《つき》さん」が中山晋平の作曲譜《さっきょくふ》付《つ》きでのりました。ただし、さいしょは第一節《せつ》だけでした。岡本帰一《おかもときいち》の絵《え》もよくて、たいへん好評《こうひょう》でした。そこで、第二節を作詩作曲して、同誌《どうし》三月号にのせました。第二節の題《だい》は「雲《くも》の蔭《かげ》」で、曲《きょく》もびみょうに違《ちが》っています。それが「雨降りお月さん」として、合わせてうたわれるようになったのです。ただ、楽譜《がくふ》やレコードの題は、「雨降りお月」となっています。

雨降《ふ》りお月さん

一

雨降りお月さん
雲の蔭
お嫁《よめ》にゆくときゃ
誰《たれ》とゆく
ひとりで傘《からかさ》
さしてゆく

二

いそがにゃお馬よ
夜《よ》が明ける
手綱《たづな》の下から
ちょいと見たりゃ
お袖《そで》でお顔《かお》を
隠《かく》してる

傘《からかさ》　ないときゃ
誰《たれ》とゆく
シャラ　シャラ　シャン　シャン
鈴《すず》つけた
お馬《うま》にゆられて
濡れてゆく

お袖《そで》は濡《ぬ》れても
干《ほ》しゃ乾《かわ》く
雨降《あめふ》りお月さん
雲《くも》の蔭《かげ》
お馬にゆられて
ぬれてゆく

作曲・中山晋平《なかやましんぺい》

大正《たいしょう》九年の「十五夜《じゅうごや》お月《つき》さん」ほどさびしげではありませんが、お馬にゆられてとついでゆく花嫁《はなよめ》を雨で濡れさせるなんて、雨情《うじょう》のつらい身の上の反映《はんえい》でしょうか。

ただ、画家《がか》さんたちの絵《え》には、いたわりが感じられます。雲の蔭といいつつ月が見えているし、雨もちょっと濡れるていどです。

明治《めいじ》三十八年に、磯原《いそはら》の雨情《うじょう》のもとにとついできた花嫁ひろは、栃木県《とちぎけん》の喜連川《きつれがわ》から馬で、二日がかりでやってきたのでした。

二月に、雨情の五女千穂子《ちほこ》が生まれました。つる夫人《ふじん》にとっては、第三子《だいし》です。ただ、第二子《し》の恒子《つねこ》が、前年《ぜんねん》九月に満《まん》二歳《さい》で亡《な》くなっていました。

同月《どうげつ》、民謡《みんよう》集『のきばすずめ』を、東芽書院《とうがしょいん》から出版《しゅっぱん》しました。

雑誌《ざっし》『令女界《れいじょかい》』三月号に、「春の月」という詩を発表しました。

中山晋平《なかやましんぺい》の曲がついて、「紅屋《べにや》の娘《むすめ》」となります。歌謡《かよう》曲《きょく》です。

昭和《しょうわ》四年に、ビクターからレコード（歌《うた》・佐藤千夜子《さとうちやこ》）が出て、大人《おとな》たちにうたわれました。

紅屋《べにや》の娘《むすめ》

紅屋で娘の　いうことにゃ
サノ　いうことにゃ

春のお月さま　うすぐもり
トサイサイ　うすぐもり

お顔にうすべに　つけたとさ
サノ　つけたとさ
わたしもうすべに　つけよかな
トサイサイ　つけよかな

今宵《こよい》もお月さま　空の上
サノ　空の上
ひとはけさらりと　染《そ》めたとさ
トサイサイ　染めたとさ

作曲・中山晋平《なかやましんぺい》

この大正《たいしょう》十四年は、童謡《どうよう》の最盛期《さいせいき》でした。

雨情《うじょう》が大正十四年の新年号《しんねんごう》に作品を発表した雑誌《ざっし》は、『金の星』『コドモノクニ』『乗物画報《のりものがほう》』『良友《りょうゆう》』『少年倶楽部』『少女倶楽部』『婦人《ふじん》倶楽部』『婦女界《ふじょかい》』『少年王《しょうねんおう》』の九誌《し》で、合わせて十編《ぺん》の童謡でした。

大正十五（一九二六）年――。

五月、若山牧水編集《わかやまぼくすいへんしゅう》『詩歌時代《しいかじだい》』の童謡欄《らん》の選者《せんじゃ》になりました。

六月、民謡《みんよう》集『おさんだいしょさま』を、紅玉堂《こうぎょくどう》から出版《しゅっぱん》しました。

同月、第三童謡集『蛍《ほたる》の灯台《とうだい》』を、新潮社《しんちょうしゃ》から出版しました。

七月、童話・童謡雑誌『童話《どうわ》』（大正九年四月号～）が終刊《しゅうかん》になりました。『赤い鳥』から移《うつ》った西条八十《さいじょうやそ》がかつやくしていた雑誌です。

九月から十月にかけて、満州《まんしゅう》・蒙古《もうこ》へ講演旅行《こうえんりょこう》に行きました。

昭和《しょうわ》二（一九二七）年――。

一月、雨情作詩「童謡かるた」（岡本帰一《おかもときいち》画《が》）を、普及社《ふきゅうしゃ》から出版しました。

四月、台湾《たいわん》へ講演《こうえん》旅行に行きました。

八月、雨情《うじょう》の六女美穂子《みほこ》が生まれました。

同月、新民謡《みんよう》「三朝小唄《みささこうた》」（中山晋平《なかやましんぺい》・曲《きょく》）を発表しました。三朝温泉《みささおんせん》（鳥取県《とっとりけん》）の歌です。昭和四年にレコードが出て、ヒット歌謡《かよう》になりました。

十一月、中山晋平の故郷《こきょう》長野県中野町《なかのまち》で、「中野小唄《こうた》」の発表会が開かれました。

信州《しんしゅう》広《ひろ》くも　中野がなけりゃ
　ヨイトコラ　ドッコイサノ　セッセッセ
何処《どこ》に日の照《て》る――　町がある――
　カナカナカノカ　なんかんせ
　ドッコイサノ　セッセッセ
（第一節《せつ》）

作曲者《さっきょくしゃ》の中山は出席《しゅっせき》しましたが、作詩者《さくししゃ》の雨情は出かけていません。詩を書くときも、晋平から町のようすをいろいろと聞いただけでした。

それでもなかなか評判《ひょうばん》がよくて、翌《よく》三年はじめには、晋平のあっせんでビクターからレコードが出ました。これが三万五千枚《まい》も売れて、新民謡《しんみんよう》・ご当地《とうち》ソングのヒット曲になりました。大正十二年の「須坂小唄《すざかこうた》」と共《とも》に、愛唱《あいしょう》されました。

昭和《しょうわ》三（一九二八）年――。

八月、『野口雨情民謡叢書《みんようそうしょ》』を、民謡詩人社《しじんしゃ》から出版《しゅっぱん》しました。

この年、「日本民謡協会《きょうかい》」を発足《ほっそく》させました。

昭和四（一九二九）年――。

三月、童話・童謡雑誌《どうようざっし》『赤い鳥』（前期《ぜんき》・大正七年七月号～）が、三月号で休刊《きゅうかん》になりました。のちに復刊《ふっかん》されます。後期《こうき》（昭和六年一月号～昭和十一年十月号）。

六月、童話・童謡雑誌『金の星』（大正八年『金の船』十一月号～）が、六月号で終刊《しゅうかん》になりました。雨情が拠点《きょてん》にしていた雑誌がなくなったのです。

大正《たいしょう》の終わりごろから不況《ふきょう》が始まり、昭和初期《しょき》には戦争《せんそう》のけはいまで感じられる、暗《くら》い時代になっていったのでした。

雨情に残った主《おも》な雑誌は、『コドモノクニ』（大正十一年一月号～）と『少年倶楽部《しょうねんくらぶ》』（大正三年十一月号～昭和三十七年十二月号）でした。

『コドモノクニ』は昭和《しょうわ》十九年三月号までつづきましたが、雨情は昭和八年から発表がへり、九年十一月号で途絶《とだ》えました。『少年倶楽部《くらぶ》』には、大正十年一月号から昭和八年四月号まで作品を発表しました。

十一月、雨情作詩『全国民謡《みんよう》かるた』（川端龍子《かわばたりゅうし》画・藤井清水《ふじいきよみ》曲）を、普及社《ふきゅうしゃ》から出版《しゅっぱん》しました。

この昭和四年に、「蛙《かわず》の夜《よ》まわり」（中山晋平《なかやましんぺい》作曲《さっきょく》）（詩は『コドモノクニ』春の増刊号《ぞうかんごう》に発表）が生まれました。よくうたわれた童謡《どうよう》なのですが、ほとんどがカエルの鳴き声です。このあたりが、紹介《しょうかい》したい雨情《うじょう》童謡の最後《さいご》になります。

蛙の夜まわり
ガッコ　ガッコゲッコ　ピョン　ピョン
ラッパ吹《ふ》く　ラッパ吹く　ガッコゲッコ　ピョン
それ吹け　もっと吹け　ガッコゲッコ　ピョン
ガッコガッコガ　ハ　ピョンコ　ピョンコ　ピョン

ゲッコゲッコゲ　ハ　ピョンコ　ピョンコ　ピョン
ガッコピョン　ゲッコピョン　ガッコゲッコ　ピョン
（第一節）

これは、中山晋平が作曲をして、できあがった詩です。雨情が書いた詩は、

蛙の夜廻《まわ》り
ガッコガッコピョン。
ラッパ吹くそら吹け
ヤレ吹けピョン。
ヤレ吹けもっと吹け
ガッコガッコピョン。
（第一節《せつ》）

というものでした。

7

最後《さいご》は民謡《みんよう》詩人《しじん》として

各地《かくち》の民謡《みんよう》を書く

童謡《どうよう》のさかんだった時代が終わると、雨情《うじょう》は民謡《みんよう》に専念《せんねん》するようになりました。雨情はもともと民謡調《ちょう》の詩から出発していたのです。本来《ほんらい》の自分にもどったともいえます。

人びとが生活や労働《ろうどう》の中から生み出した、作者のわからない民謡ではなく、新しく作り出す民謡です。生活や労働の中でうたってもらう歌です。「新《しん》民謡」です。創作《そうさく》民謡です。

雨情は、「私《わたし》は茨城《いばらき》の草深《くさぶか》いいなかの生まれですが、民謡はそのようないなかから生まれます。民謡は室内《しつない》ではなく、大地《だいち》の上に立ってうたわれなければなりません。」と言っています。

ちなみに、三大童謡詩人の他《ほか》の二人ですが、童謡からはなれた北原白秋《きたはらはくしゅう》は、短歌《たんか》に専心《せんしん》しました。もともと歌人《かじん》だったのです。新民謡も作っています。

西条八十《さいじょうやそ》は、歌謡曲《かようきょく》の作詩《さくし》でかつやくしました。戦時中《せんじちゅう》は軍歌《ぐんか》も書きました。（雨情も少しは戦争詩《せんそうし》を書きました。）八十《やそ》は童謡の時代よりも、その後《ご》の方が輝《かがや》いていたともいえそうです。

昭和《しょうわ》五（一九三〇）年――。

三月、雨情の次男九萬男《じなんくまお》が生まれました。

九月、新民謡「伊賀上野小唄《いがうえのこうた》」（中山晋平《なかやましんぺい》・曲《きょく》）を発表しました。

岐阜県関町《ぎふけんせきまち》のために、「関音頭《せきおんど》」（藤井清水《ふじいきよみ》・曲）を書きました。

昭和六（一九三一）年――。

八月一日、次男九萬男《じなんくまお》が亡くなりました。

八月二十七日、雨情の三男存彌《さんなんのぶや》が生まれました。

存彌は雨情の没後《ぼつご》、父の作品の著作権《ちょさくけん》をうけつぎ、父雨情《ちち》の研究《けんきゅう》をすることになります。

九月、満州事変《まんしゅうじへん》が起《お》こりました。

昭和七（一九三二）年――。

八月、故郷磯原町《こきょういそはらちょう》からたのまれて、「磯原小唄《こうた》」（藤井清水・曲）を書きました。生まれ育《そだ》った土地《とち》の歌を書かせてもらったのは名誉《めいよ》なことでしたが、あいにくヒット民謡にはなりませんでした。

昭和八（一九三三）年――。

九月、雨情《うじょう》の七女陽代《はるよ》が生まれました。

十一月、武内俊子《たけうちとしこ》の第一童謡集《どうようしゅう》『風』の出版記念会《しゅっぱんきねんかい》が、京橋明治屋《きょうばしめいじや》ビル九階《かい》のホールで開かれ、五十一歳《さい》の雨情は和服姿《わふくすがた》で出席《しゅっせき》しました。

時々《ときどき》作品を見てあげていた関係《かんけい》で、たのまれて序文《じょぶん》を書いたのでした。

一男一女《いちなんいちじょ》の母で二十八歳《さい》の俊子は、すでに『コドモノクニ』に童話を発表していましたが、童謡はこれからというところでした。

のちに、「かもめの水兵《すいへい》さん」（昭和《しょうわ》十二年）、「赤い帽子《ぼうし》白い帽子」（昭和十三年）、「りんごのひとりごと」「お百姓《ひゃくしょう》さんの歌」（昭和十五年）、「船頭《せんどう》さん」（昭和十六年）などの名作を書きます。

昭和九（一九三四）年――。

七月、新民謡《しんみんよう》「新伊勢音頭《しんいせおんど》」（藤井清水《ふじいきよみ》・曲《きょく》）を発表しました。

同月、満州《まんしゅう》へ講演旅行《こうえんりょこう》に行きました。

「童心居《どうしんきょ》」のお客《きゃく》さんたち

雨情の吉祥寺《きちじょうじ》の住《す》まいは、駅《えき》から北へ十五分ほど歩いたところで、松林《まつばやし》の中にありました。まわりにはほとんど、家がありません。分譲地《ぶんじょうち》を買って平屋《ひらや》の家を建《た》て、大正《たいしょう》十三年三月に西巣鴨《にしすがも》からうつってきましたが、その後昭和のはじめに隣《となり》の広い土地を買って建《た》て替《か》え、少し立派《りっぱ》になりました。

昭和十（一九三五）年の五月のある日——。

雨情は広い庭《にわ》で、石に水をかけていました。

鉄の水盤《すいばん》にのせた石が、置《お》き台《だい》にずらりと並《なら》んでいます。

「水石《すいせき》」とか「水盤石《すいばんせき》」とよばれるものです。

石に目がないのです。講演《こうえん》や取材《しゅざい》の旅先《たびさき》で、いい石を見つけてきたりするのです。

石の間から草やこけがはえ出《で》ていて、ふぜいがあるともいえますが……。

「あなた、土浦《つちうら》小学校の古森《こもり》先生がお見えですよ。」

声をかけたのは、つる夫人《ふじん》です。

「そうかい。こちらへお通《とお》しして。」

まもなく、三十五、六の、いかにも訓導《くんどう》（小学校の先生）といった感じの人物《じんぶつ》が現《あらわ》れました。

「やあ、いらっしゃい。お待ちしてやんした。」

「これは、これは。ずいぶんたくさんの石で……。」

「これが、私《わたし》の趣味《しゅみ》でやんす。自然《しぜん》のおおもとは、石でやんすよ。」

古森《こもり》は、自分が勤《つと》めている茨城《いばらき》の小学校の、校歌《こうか》の作詩《さくし》をたのみにきたのでした。

「先日《せんじつ》は、ごていねいなお手紙《てがみ》をいただいて、光栄《こうえい》です。私でよければ、書かせていただきますよ。」

「それは、ありがとうございます。ぜひ、お願《ねが》いいたします。」

「私も茨城の出《で》ですし、土浦《つちうら》は汽車の中から何度も見ていますが、一度うかがわせていただきますよ。きょうは、ゆっくりしていってください。」

土浦小学校の校歌《こうか》は、平岡均之《ひらおかきんし》作曲《さっきょく》で、年内《ねんない》にできあがりました。

地元《じもと》武蔵野町《むさしのまち》からたのまれて書いた、「井《い》の頭音頭《かしらおんど》」（森《もり》 義八郎《ぎはちろう》・曲《きょく》）が、七月におひろめされました。

同じ年の、ミンミンと蝉《せみ》の鳴《な》く、夏の日でした。

雨情《うじょう》が数寄屋造《すきやづく》りの八畳間《じょうま》の書斎《しょさい》「童心居《どうしんきょ》」にいると、離《はな》れから童謡《どうよう》のレコードが聞こえてきました。

下駄《げた》をはいて、庭《にわ》に出てみました。

みんな雨情の童謡ばかりです。娘《むすめ》の香穂子《かほこ》がかけているのです。ひとりではないようです。女の子どうしのおしゃべりの声がしています。

雨情は、離《はな》れの縁側《えんがわ》に歩いていきました。

「あら、おじさま。おじゃましています。」

女学校《じょがっこう》二年生の香穂子と同級《どうきゅう》の、ひさ子さんでした。

「先日は、学校におこしいただいて、たのしいお話をありがとうございました。生まれたままの正しい心が、『童心《どうしん》』なんですよね。私《わたし》も、素直《すなお》なきれいな心で、自然《しぜん》を見るようにします。」

香穂子《かほこ》は蓄音機《ちくおんき》の向こうで、てれくさそうにしています。

雨情《うじょう》は、娘《むすめ》が通《かよ》う武蔵野女子学院《むさしのじょしがくいん》（いまの武蔵野女子学院高等学校（西東京市《にしとうきょうし》））で、童謡《どうよう》の講演《こうえん》をしたのでした。いまは和服《わふく》の着《き》ながしですが、壇上《だんじょう》では袴《はかま》をはいていました。

「ところで、ひさ子さんは私《わたし》の童謡では、何が好《す》きでやんすか?」

「わたし、『青い眼《め》の人形《にんぎょう》』が好きなんです。」

ひさ子さんは、青い目の人形を持ってきていました。

「どこが、気にいってもらえやんしたかな?」

「わたし、東京の前は東神奈川《ひがしかながわ》に住んでいたんです。横浜《よこはま》の港《みなと》にもいったことがあったものですから、とても実感《じっかん》がわいたんです。すぐに、このお人形を買ってもらいました。」

「そうでやんしたか。それは、ようござんした。」

「童心居《どうしんきょ》」には、作曲家《さっきょくか》や歌手《かしゅ》や舞踊家《ぶようか》、そして、雨情をしたう童謡や民謡の門流《もんりゅう》たちも、よくたずねてくるのでした。

十月に、雨情の八女喜代子《きよこ》が生まれました。

十二月二十一日、雨情《うじょう》はつる夫人《ふじん》を正式《せいしき》に妻《つま》として入籍《にゅうせき》しました。

同《どう》十二月、雨情は「日本民謡協会《みんようきょうかい》」を再興《さいこう》し、理事長《りじちょう》になりました。昭和三年に発足《ほっそく》させた協会《きょうかい》で、その後《ご》消滅《しょうめつ》していたのでした。

ところで、雨情の童謡《どうよう》発表は昭和九年あたりまででしたが、かつての童謡作品が盛《さか》んにうたわれていたのです。

NHK《エヌエイチケー》のラジオ放送《ほうそう》が大正《たいしょう》十四年三月にはじまったのですが、夕方六時の「子供の時間」で、三日に一度くらい童謡や唱歌《しょうか》が流《なが》れました。昭和《しょうわ》五年十月までの作品別《さくひんべつ》童謡放送回数《かいすう》を、言語学者《げんごがくしゃ》で童謡にもくわしかった金田一春彦《きんだいちはるひこ》氏（故人《こじん》）が、集計《しゅうけい》してくれています。

1位《い》「雨降《ふ》りお月さん」（野口雨情・中山晋平《なかやましんぺい》）十八回、2位「証城寺《しょうじょうじ》の狸囃子《たぬきばやし》」（同《どう》上《じょう》）十六回、3位「あした」（清水《しみず》かつら・弘田竜太郎《ひろたりゅうたろう》）十四回、4位「砂山《すなやま》」（北原白秋《きたはらはくしゅう》・中山晋平）・「あの町この町」（野口雨情・中山晋平）以上《いじょう》十三回、6位「背《せ》くらべ」（海野《うんの》厚《あつし》・中山晋平）十二回、7位「叱《しか》られて」（清水かつら・弘田竜太郎）・「木《こ》の葉《は》のお舟《ふね》」（野口雨情・中山晋平）・「鶯《うぐいす》の夢《ゆめ》」（同上）・「この道」（北原白秋・山田耕筰《やまだこうさく》）以上十一回、11位「しゃぼん玉」（野口雨情・中山晋平）・「てるてる坊主《ぼうず》」（浅原鏡村《あさはらきょうそん》・中山晋平）・「昔《むかし》話《ばなし》」（長尾豊《ながおゆたか》・弘田竜太郎）・「お山の細道《ほそみち》」（葛原《くずはら》しげる・小松耕輔《こまつこうすけ》）・「すかんぽの咲《さ》く頃《ころ》」（北原白秋・山田耕筰）・「花嫁人形《はなよめにんぎょう》」（蕗谷虹児《ふきやこうじ》・杉山長谷夫《すぎやまはせお》）以上十回、17位「浜千《はまち》鳥《どり》」（鹿島鳴秋《かしまめいしゅう》・弘田竜太郎）・「赤《あか》い靴《くつ》」（野口雨情・本居長世《もとおりながよ》）・「夕焼《ゆうや》け小焼《こや》け」（中村《なかむら》雨虹《うこう》・草川信《くさかわしん》）・「はかり声《ごえ》」（草川《くさかわ》せいぢ・中山晋平）・「子猿《こざる》の酒買《さけか》ひ」（葛原しげる・小松耕輔）・「子守歌《こもりうた》」（大桑《おおくわ》いよ子・田中銀之助《たなかぎんのすけ》）・「子鳩《こばと》の歌《うた》」（野口雨情・山田耕筰）以上九回。（以下省略《いかしょうりゃく》）

なんと、雨情童謡《どうよう》がだんトツの人気《にんき》だったのです。

アジア・太平洋戦争中《たいへいようせんそうちゅう》は、戦時《せんじ》童謡に押《お》されてしまいますが、戦後《せんご》、雨情たちの童謡はまた、息《いき》をふきかえします。

昭和十一（一九三六）年――。

八月、民謡集『草の花』を、新潮社《しんちょうしゃ》から出版《しゅっぱん》しました。

昭和《しょうわ》十二（一九三七）年――。
五月から七月にかけて、朝鮮《ちょうせん》へ講演旅行《こうえんりょこう》に行きました。
七月、日中戦争《にっちゅうせんそう》が起《お》こりました。
昭和十三（一九三八）年――。
六月、雨情の九女恵代《やすよ》が生まれました。
昭和十四（一九三九）年――。
六月から七月にかけて、朝鮮へ講演旅行に行きました。
九月一日、第二次世界大戦《だいにじせかいたいせん》が始まりました。
十一月から十二月にかけて、台湾《たいわん》へ講演旅行に行きました。
昭和十五（一九四〇）年――。
夏、北海道を旅行しました。
昭和十六（一九四一）年――。
十二月八日、日本はハワイ真珠湾《しんじゅわん》を奇襲攻撃《きしゅうこうげき》して、太平洋戦争《たいへいようせんそう》に突入《とつにゅう》しました。
昭和十七（一九四二）年――。

十一月二日、北原白秋《きたはらはくしゅう》が亡《な》くなりました。五十七歳《さい》でした。

昭和十八（一九四三）年――。

二月、第四童謡集《どうようしゅう》『朝おき雀《すずめ》』を、鶴書房《つるしょぼう》から出版《しゅっぱん》しました。

同二月、雨情《うじょう》は軽《かる》い脳出血《のうしゅっけつ》をおこし、「中風《ちゅうふう》」とよばれる後遺症《こういしょう》が残《のこ》りました。ただ、半身不随《はんしんふずい》ではなく、足腰《あしこし》の痛《いた》みだけでした。つる夫人《ふじん》につきそってもらって遠《とお》くへの旅行もしています。

四月から五月にかけて、山陰地方《さんいんちほう》へ出かけました。よくきくというお灸《きゅう》をすえてもらうためと、以前《いぜん》からたのまれていた揮毫《きごう》（筆《ふで》で書《しょ》や絵画《かいが》をかくこと）を果《は》たすためでした。

東京へ帰る汽車の中で、かつての金《きん》の星社《ほししゃ》の斎藤佐次郎《さいとうさじろう》にばったり会ったのでした。

斎藤はのちに、「その時雨情《うじょう》さんは病気《びょうき》のためでしょうか、すっかり身体《からだ》が衰《おとろ》えておりまして、口をきくのも大儀《たいぎ》そうなんです。私《わたし》はびっくり致《いた》しまして……」と、回想《かいそう》しています。

七月、さいしょの妻《つま》ひろが、磯原《いそはら》の野口家《のぐちけ》に復籍《ふくせき》しました。

秋には四国《しこく》へ、詩作《しさく》の旅行《りょこう》をしました。

疎開先《そかいさき》での終焉《しゅうえん》

昭和《しょうわ》十九（一九四四）年――。

一月、栃木県河内郡姿川村鶴田《とちぎけんかわちぐんすがたがわむらつるた》一七四四番地《ばんち》（いまの宇都宮市鶴田町《うつのみやしつるたまち》）に、一家《いっか》でうつりました。雨情夫妻《ふさい》は、香穂子《かほこ》、千穂子《ちほこ》、美穂子《みほこ》、存彌《のぶや》、陽代《はるよ》、喜代子《きよこ》、恵代《やすよ》の、七人の子といっしょだったはずです。

空襲《くうしゅう》をさけて疎開をしたのですが、疎開としてはごく早い方でした。疎開が始まったのは、前年《ぜんねん》十一月です。学童《がくどう》疎開はこの年十九年の五月からです。

雨情の疎開が早かったのは、療養生活《りょうようせいかつ》の要素《ようそ》が強《つよ》かったのでしょう。

疎開先の家は、羽黒神社《はぐろじんじゃ》がある羽黒山《はぐろさん》という小山《こやま》のふもとで、こぢんまりとした平屋《ひらや》ですが、農園《のうえん》が付《つ》いていました。

手紙に書く住所《じゅうしょ》は、「宇都宮市外鶴田羽黒山麓羽黒園《うつのみやしがいつるたはぐろさんろくはぐろえん》」でした。

雨情はつる夫人と、ニワトリをかったり、庭《にわ》に柿《かき》をうえたり、畑にらっきょうやいちご

を作ったり、ひっそりと暮《く》らしました。

戦時中《せんじちゅう》だったので、胸《むね》に名札《なふだ》をつけモンペ姿《すがた》の……ひさ子さんが、香穂子をたずねてきてくれたりしました。もちろんもう、青い目の人形は持っていませんでした。

十一月二十四日、アメリカのB《ビー》29による東京初爆撃《はつばくげき》がありました。

このころ雨情は、病《やまい》（脳軟化症《のうなんかしょう》）の床《とこ》についていました。

年末《ねんまつ》、本土《ほんど》への空襲《くうしゅう》が激《はげ》しくなりました。

翌《よく》昭和二十（一九四五）年一月二十七日。

雨情・野口英吉《のぐちえいきち》は、この宇都宮郊外《うつのみやこうがい》で、六十二年八か月の生涯《しょうがい》を閉《と》じました。

あとがき

私《わたし》は終戦《しゅうせん》の翌年《よくねん》、昭和《しょうわ》二十一年の生まれです。四国徳島県《しこくとくしまけん》の農村《のうそん》でしたが、子どものころ、ラジオからよく童謡《どうよう》が流れていました。気に入った童謡も、たくさんありました。

後《のち》に作者がわかってみると、野口雨情《のぐちうじょう》の童謡が、かなりふくまれていました。いちばん好きだったのは、「証城寺《しょうじょうじ》の狸囃子《たぬきばやし》」です。

雨情の童謡は、一風《いっぷう》変わっています。白秋《はくしゅう》や八十《やそ》にはないものを、日本の子どもたちに与《あた》えてくれたのです。

音痴《おんち》だから声には出しませんが、本文《ほんもん》で紹介《しょうかい》した雨情の童謡は、ほとんどがうたえます。大人向《おとなむ》けの「波浮《はぶ》の港《みなと》」や「船頭小唄《せんどうこうた》」も知っています。みんなラジオで、聞《き》き覚《おぼ》えたのです。

学校で習ったのは、唱歌《しょうか》ばかりです。童謡運動では目の敵《かたき》にされた唱歌ですが、私など体質《たいしつ》が旧《ふる》いのか、唱歌《しょうか》もいがいと好きなのです。

故郷《こきょう》徳島県の北部に、「土柱《どちゅう》」(阿波市《あわし》)という、地味《じみ》な観光名所《かんこうめいしょ》があります。学生時代にここをおとずれたとき、野口雨情《のぐちうじょう》の詩碑《しひ》を見つけたのでした。「雨情って、こんな所にも来たんだろうか?」と、半信半疑《はんしんはんぎ》だったのを覚《おぼ》えています。

雨情は確《たし》かに、徳島に来ていました。しかも、大正《たいしょう》十三年十二月、昭和《しょうわ》三年四月、昭和十一年二月の、三回も来徳《らいとく》していたのです。土柱《どちゅう》へ案内《あんない》されたのは、昭和十一年二月十一日の午後でした。

ところで、気づいたでしょうか。「大正十三年十二月」といえば、中山晋平《なかやましんぺい》が「証城寺《しょうじょうじ》の狸囃子《たぬきばやし》」をいじくっていたときです。雨情が東京にいなかったのは、私の故郷徳島へ行っていたから、ということになります。

雨情は、沖縄《おきなわ》をのぞく全都道府県《ぜんとどうふけん》をたずね、詩謡《しよう》を書き残しています。全国各地に、雨情の詩碑が建《た》てられています。

日本童謡協会《どうようきょうかい》(昭和四十四年発足《ほっそく》)の会合《かいごう》や行事《ぎょうじ》のおりに、童心居《どうしんきょ》に出入《でい》りしていたという雨情系《うじょうけい》の、大村主計氏《おおむらかずえし》(昭和五十五年没《ぼつ》)をお見かけしていました。雨情門下《もんか》の長島《ながしま》和太郎氏《かずたろうし》（平成十三年没）から、お声をかけていただいたこともあります。

雨情の生地磯原《せいちいそはら》には、「野口雨情記念館《きねんかん》」（昭和五十五年開館《かいかん》）があります。

磯原の雨情の生家《せいか》には、長男雅夫《ちょうなんまさお》の娘《むすめ》、野口不二子《のぐちふじこ》さんがいらっしゃいます。生家の一部が資料館《しりょうかん》になっています。

雨情が住《す》んだ吉祥寺《きちじょうじ》の家には、三男野口存彌《さんなんのぐちのぶやし》氏がいらっしゃいます。

平成二十二年六月

楠木《くすのき》しげお

野口雨情資料編

野口雨情略年譜

明治十五年（一八八二）　〇歳

〇五月二十九日　茨城県多賀郡北中郷村大字磯原一〇三番地（いまの北茨城市磯原町磯原七三番地）に、父野口量平、母てるの長男として生まれる。

明治二十二年（一八八九）　七歳

〇四月　尋常小学校に入学。

明治二十六年（一八九三）　十一歳

〇四月　高等小学校に入学。

明治三十年（一八九七）　十五歳

〇四月　東京数学院中学に入学。（卒業した中学は不明）

明治三十四年（一九〇一）　十九歳

〇四月　東京専門学校（いまの早稲田大学）高等予科文学科に入学。

明治三十五年（一九〇二）　二十歳

○五月　東京専門学校高等予科を中退。

※雑誌への作品発表が始まる。

明治三十七年（一九〇四）　二十二歳

○一月　父量平死没。

※帰郷して家督をつぐ。

明治三十八年（一九〇五）　二十三歳

○三月　第一詩集『枯草』を高木知新堂より出版。

○五月　高塩ひろと結婚。（一男二女をもうける）

明治三十九年（一九〇六）　二十四歳

○七月ごろから十一月ごろまで　樺太に滞在。

明治四十年（一九〇七）　二十五歳

○九月下旬　北海道で石川啄木と知り合う。

※七月以降、北海道の新聞社を転々とする。

明治四十一年（一九〇八）　二十六歳

※北海道の新聞社を転々とする。

明治四十二年（一九〇九）　二十七歳

※十一月　北海道の新聞社を退き、上京。

明治四十四年（一九一一）　二十九歳

○九月　母てる死没。

明治四十五年・大正元年（一九一二）　三十歳

○六月　北茨城に帰り、山林の管理や農業に従事する。

大正四年（一九一五）　三十三歳

○五月　ひろと離婚。（大正九年、雅夫の母として野口家にもどり、昭和十八年に復籍）

大正七年（一九一八）　三十六歳

○秋　中里つると結婚し、水戸市に住む。（入籍は昭和十年）（二男七女をもうける）

大正八年（一九一九）　三十七歳

※児童雑誌『金の船』などに、童謡を発表するようになる。

大正九年（一九二〇）　三十八歳
○六月　上京して、児童雑誌『金の船』の編集部に勤務。
大正十年（一九二一）　三十九歳
※日本各地を旅行して、童謡・民謡の普及活動を開始する。
大正十三年（一九二四）　四十二歳
○三月　北多摩郡武蔵野村吉祥寺七八七番地（いまの武蔵野市吉祥寺北町）に家を建てて転居。
○四月　朝鮮へ講演旅行。
大正十五年（一九二六）　四十四歳
○九月〜十月　満州・蒙古へ講演旅行。
昭和二年（一九二七）　四十五歳
○一月　『童謡かるた』（岡本帰一・画）を普及社より出版。
○四月　台湾へ講演旅行。
昭和三年（一九二八）　四十六歳
○「日本民謡協会」を発足させる。

昭和四年（一九二九）　四十七歳

○十一月　『全国民謡かるた』（川端龍子画・藤井清水曲）を普及社より出版。

昭和八年（一九三三）　五十一歳

○三月　浜田廣介、藤井清水、藤沢衛彦らと日本歌謡協会を設立。

昭和九年（一九三四）　五十二歳

○七月　満州へ講演旅行。

昭和十年（一九三五）　五十三歳

○十二月「日本民謡協会」を再興し、理事長となる。

昭和十二年（一九三七）　五十五歳

○五月～七月　朝鮮へ講演旅行。

昭和十四年（一九三九）　五十七歳

○六月～七月　朝鮮へ講演旅行。

○十一月～十二月　台湾へ講演旅行。

昭和十八年（一九四三）　六十一歳

○二月　軽い脳出血を起こし倒れる。

昭和十九年（一九四四）　六十二歳

○一月　栃木県河内郡姿川村鶴田一七四四番地（いまの宇都宮市鶴田町）に疎開し、療養に専念する。

昭和二十年（一九四五）

○一月二十七日　疎開先にて死去。享年六十二歳八か月。

野口雨情を訪ねて（関東地方）

☆東京都武蔵野市・三鷹市　井の頭公園

・「井の頭音頭」の詩碑

「鳴いて／さわいで／日の暮れ頃は／葦に行々子／はなりやせぬ」

井の頭公園内井の頭池畔

・「童心居」（移築（のち改築）された雨情の書斎）

井の頭自然文化園内

☆東京都東村山市萩山町　東京都小平霊園

・「野口雨情の墓」

32区1側18号

☆東京都大島町　波浮港

・「波浮の港」の詩碑

波浮港の石垣の上

☆神奈川県横浜市　山下公園
・「赤い靴の少女の像」

☆栃木県宇都宮市鶴田町　鹿沼街道畔
・「野口雨情旧居」（終焉の家）　和菓子処「乙女屋」鶴田雨情店横
・「あの町この町」の詩碑　和菓子処「乙女屋」鶴田雨情店斜め向かい
・「蜀黍畑」の詩碑　「野口雨情旧居」側の羽黒山上の羽黒神社境内

☆千葉県木更津市富士見　証誠寺
・「証城寺の狸囃子」の詩碑　証誠寺境内

☆茨城県潮来市潮来　稲荷山公園
・「船頭小唄」の詩碑　稲荷山上

☆茨城県北茨城市磯原町磯原四丁目　北茨城市立精華小学校
・「七つの子」の詩碑　グラウンド脇

☆茨城県北茨城市磯原町磯原
・雨情童謡の「からくり時計」　常磐線「磯原」駅東口
・「船頭小唄」の詩碑　常磐線「磯原」駅西口ふれあい広場

☆茨城県北茨城市磯原町磯原
・「野口雨情生家」
・「野口雨情の墓」　生家近くの野口家墓地
・「野口雨情記念館」
・磯原海岸沿いに、童謡・民謡の詩碑が点在

☆茨城県北茨城市中郷町日棚　常磐自動車道中郷サービスエリア内（上下線共）
・雨情童謡の詩碑がたくさん造られている。

主な参考文献

☆野口存彌編『野口雨情　回想と研究』　昭和57年　あい書林
☆野口雨情顕彰誌『雨情』第三号　平成14年　磯原雨情会
☆斎藤佐次郎等編『みんなで書いた野口雨情伝』昭和48年　金の星社
☆野口存彌編『野口雨情』　平成22年　日本図書センター
☆和田登著『唄の旅人　中山晋平』　平成22年　岩波書店
☆藤田圭雄著『日本童謡史』Ⅰ・Ⅱ　昭和46・59年　あかね書房
☆上笙一郎編『日本童謡事典』　平成17年　東京堂出版
☆鳥越信等編『新選日本児童文学』全三巻　昭和47～48年　小峰書店
☆与田準一等編『赤い鳥代表作集』全三巻　昭和49年　小峰書店
☆藤田圭雄編『野口雨情童謡集』　昭和51年　弥生書房
☆与田準一編『日本童謡集』　昭和32年　岩波書店
☆松尾健司著『うたのいしぶみ』全五巻　昭和52～53年　ゆまにて
☆武内邦次郎編『かもめの水兵さん 武内俊子伝記と作品集』　昭和52年　講談社出版サービスセンター
☆日本童謡協会編集『日本童謡』第4号　昭和45年12月　学習研究社
☆日本童謡協会編集『季刊　どうよう』第11号　昭和62年10月　チャイルド本社

野口雨情のアルバム

・「童心居」（改築）（東京都武蔵野市・井の頭自然文化園）

・「野口雨情旧居」（終焉《しゅうえん》の家）（栃木県宇都宮市鶴田町《つるたまち》）

・「あの町この町」詩碑（栃木県宇都宮市鶴田町）

・「証城寺《しょうじょうじ》の狸囃子《たぬきばやし》」詩碑（千葉県木更津市富士見・証誠寺境内）

・「船頭小唄」詩碑（茨城県潮来《いたこ》市《し》潮来《いたこ》・稲荷山《いなりやま》公園）

・「七つの子」詩碑（茨城県北茨城市磯原町《いそはらちょう》・精華《せいか》小学校）

・「野口雨情生家」（茨城県北茨城市磯原町）

・「野口雨情記念館」（茨城県北茨城市磯原町）

・「雨情詩碑」（松に松風磯原は　小磯の蔭にも波が打つ）（茨城県北茨城市磯原町・磯原海岸）

・現在の「天妃山《てんぴさん》」（茨城県北茨城市磯原町）

野口雨情生家

〒319-1541
茨城県北茨城市磯原町磯原73番地
TEL　0293-42-1891
FAX　0293-42-1762

北茨城市歴史民俗資料館／
野口雨情記念館

〒319-1541
茨城県北茨城市磯原町磯原130-1
TEL・FAX　0293-43-4160
http：//www.ujokinenkan.jp

楠木しげお（くすのき　しげお）　本名・繁雄
1946年　徳島県生まれ。東京学芸大学国語科卒業。都立高校嘱託員。サトウハチロー門下の童謡詩人。児童文学作家。歌人。日本童謡協会・日本児童文芸家協会（理事）・日本児童文学者協会各会員。歌誌「水甕」同人。
■主な作品（詩集・読み物）
ジュニア・ポエム『カワウソの帽子』、『まみちゃんのネコ』、ジュニア・ノンフィクション『北原白秋ものがたり』、『旅の人芭蕉ものがたり』（第37回産経児童出版文化賞推薦）、『正岡子規ものがたり』、『サトウハチローものがたり』、『若山牧水ものがたり』、『滝廉太郎ものがたり』（以上、銀の鈴社）。『楠木しげお詩集』（てらいんく）、歌集『ミヤマごころ』（牧羊社）などの著書がある。

坂道なつ（さかみち　なつ）
1981年　東京都生まれ。
幼少時は動植物に詳しい祖父の影響で、草花や小さな虫などをよく観察して過ごした。桐朋女子高等学校を卒業後、米国サンフランシスコに渡り、Academy of Art Universityに進学。アニメーションの背景美術や挿絵などを学ぶ。帰国後、昔から変わらない日本の何気ない風景に迎えられ、その温かさを再認識。以後、祖父母の家や、小さな古い商店街、緑の多い田畑などを背景に、家族や子ども達の日常風景を主題にした作品を多く制作。最近は主に小中学校の教科書や書籍の挿絵を手掛けている。

NDC 916
楠木しげお　作
神奈川　銀の鈴社　2021
168 P　21cm（野口雨情ものがたり）

口絵写真協力：野口雨情生家・資料館（代表 野口不二子承認）

ジュニア・ノンフィクション

童《どう》謡《よう》詩《し》人《じん》野《の》口《ぐち》雨《う》情《じょう》ものがたり

二〇一〇年八月一〇日　初版　一二〇〇円＋税
二〇二一年六月六日　初版二刷

著　者――楠木しげお©　坂道なつ・絵
発行者――西野大介
発行所――㈱銀の鈴社　https://www.ginsuzu.com
〒248―0017　神奈川県鎌倉市佐助1・18・21
万葉野の花庵
電　話　0467（61）1930
FAX　0467（61）1931

〈落丁・乱丁はおとりかえいたします〉
ISBN978-4-87786-539-9 C8095

印刷・電算印刷　製本・渋谷文泉閣

ジュニアノンフィクション
日本の人物ものたがりシリーズ

産経児童出版文化賞ほか
多数受賞！
必備図書の伝記シリーズ

教科書にも登場する人物たちをわかりやすく紹介。
信念をつらぬいて生きた人々の人生を、
真摯な取材をもとに描く、
歴史に残るシリーズです。

日本のロータリークラブ創設者
米山梅吉ものがたり
―奉仕の心で社会を拓く―
柴崎由紀／著　1,800円+税
ISBN 978-4-86618-027-4
・企画／協力 （公財）米山梅吉記念館
全国学校図書館協議会・
日本子どもの本研究会選定

平和をねがう「原爆の図」
―丸木位里・俊夫妻―
楠木しげお／著
くまがいまちこ／絵
1,500円＋税
ISBN 978-4-87786-541-2
・協力 （公財）原爆の図 丸木美術館
日本図書館協会選定

奥むめおものがたり
―女性解放への 厳しい道を歩んだ人―
古川奈美子／著
1,500円+税
ISBN 978-4-87786-542-9
・協力 ㈶主婦会館
全国学校図書館協議会・
学校図書館図書整備協会選定

渋沢栄一のこころざし
山岸達児／著
1,200円+税
ISBN 978-4-87786-528-3
・協力 ㈶渋沢栄一記念財団
渋沢史料館
日本図書館協会・
全国学校図書館協議会・
日本子どもの本研究会選定

滝廉太郎ものがたり
楠木しげお／著
日向山寿十郎／絵
1,200円+税
ISBN 978-4-87786-537-5
全国学校図書館協議会・
学校図書館ブッククラブ・
日本子どもの本研究会選定

上州島村シルクロード
―蚕種づくりの人びと―
橋本由子／著
日向山寿十郎／絵
1,200円+税
ISBN 978-4-87786-538-2
全国学校図書館協議会選定

童謡詩人
野口雨情ものがたり
楠木しげお／著　坂道なつ／絵
1,200円+税
ISBN 978-4-87786-539-9
・協力 野口雨情生家
野口雨情記念館
全国学校図書館協議会・
日本子どもの本研究会選定

若山牧水ものがたり
楠木しげお／著
山中冬児／絵
1,200円+税
ISBN 978-4-87786-536-8
・協力 沼津市若山牧水記念館
若山牧水記念文学館
日本子どもの本研究会選定

新美南吉ものがたり
楠木しげお／著
くまがいまちこ／絵
1,200円+税
ISBN 978-4-87786-545-0
・協力 新美南吉記念館
全国学校図書館協議会選定

樋口一葉ものがたり
日野多香子／著
山本典子／絵
1,165円+税
ISBN 978-4-87786-515-3

新渡戸稲造ものがたり
―真の国際人 江戸、明治、大正、
昭和をかけぬける―
柴崎由紀／著 1,500円+税
ISBN 978-4-87786-543-6
・協力 盛岡市先人記念館、
花巻新渡戸記念館、遠友夜学校記念室
十和田市立新渡戸記念館
日本図書館協会・全国学校図書館協議会・
学校図書館図書整備協会選定

正岡子規ものがたり
楠木しげお／著
村上保／絵
1,165円+税
ISBN 978-4-87786-534-4
・協力 松山市立子規記念博物館
全国学校図書館協議会選定

タロ・ジロは生きていた
―南極カラフト犬物語―
菊池 徹／監修 藤原一生／著
1,200円+税
ISBN 978-4-87786-504-7
全国学校図書館協議会・日本図書館協会・
日本子どもの本研究会 選定
日本動物愛護協会 推薦図書

敗戦後の日本を慈悲と勇気で支えた人
―スリランカの
ジャヤワルダナ大統領―
野口芳宣／著
1,800円+税
ISBN 978-4-86618-024-3
全国学校図書館協議会・
学校図書館図書整備協会 選定

北原白秋ものがたり
―この世の虹に―
楠木しげお／著　友添泰典／絵
1,200円+税
ISBN 978-4-87786-529-0
・協力 北原白秋記念館
日本図書館協会・
全国学校図書館協議会・
日本子どもの本研究会選定

田中舘愛橘ものがたり
―ひ孫が語る
「日本物理学の祖」―
松浦 明／著
1,800円+税
ISBN 978-4-87786-547-4
・協力 田中舘愛橘記念科学館
（二戸市シビックセンター）
日本子どもの本研究会・
学校図書館図書整備協会 選定

北御門二郎 魂の自由を求めて
―トルストイに魅せられた
良心的兵役拒否者―
ぶな葉一／著
1,200円+税
ISBN 978-4-87786-546-7
日本図書館協会・
全国学校図書館協議会・
日本子どもの本研究会・
学校図書館図書整備協会選定

旅の人 芭蕉ものがたり
楠木しげお／著　小倉玲子／絵
1,200円+税
ISBN 978-4-87786-532-0
★産経児童出版文化賞
・協力 江東区芭蕉記念館
山寺芭蕉記念館
日本図書館協会・
全国学校図書館協議会・
日本子どもの本研究会選定